meu livrinho vermelho

RACHEL KAUDER NALEBUFF (ORG.)

meu livrinho vermelho

tradução de:
FABIANA COLASANTI

2ª edição

Rio de Janeiro | 2025

CIP-BRASIL. CATALOGAÇÃO-NA-FONTE
SINDICATO NACIONAL DOS EDITORES DE LIVROS, RJ

M557   Meu livrinho vermelho / [Louise Story...etc al.]; [organização]
Rachel Nalebuff; tradução de Fabiana Colasanti. – 2ª ed. – Rio de Janeiro:
Galera Record, 2025.

Tradução de: My little red book
ISBN 978-85-01-08930-4

1. Adolescência – Literatura infantojuvenil. 2. Menstruação – Literatura
infantojuvenil. 3. Literatura infantojuvenil americana. I. Louise Story.
II. Kauder-Nalebuff. Rachel. III Colasanti, Fabiana. IV. Título

11-4536
CDD: 305.2352
CDU: 316.346-055.25

Título original em inglês:
My little red book

Copyright © 2009 by Rachel Kauder Nalebuff

Os créditos continuam nas páginas 254 e 255.

Todos os direitos reservados. Proibida a reprodução, no todo ou em parte,
através de quaisquer meios. Os direitos morais do autor foram assegurados.

Texto revisado segundo o novo Acordo Ortográfico da Língua Portuguesa.

Direitos exclusivos de publicação em língua portuguesa somente para o
Brasil adquiridos pela
EDITORA RECORD LTDA.
Rua Argentina, 171 – Rio de Janeiro, RJ – 20921-380 – Tel.: 2585-2000,
que se reserva a propriedade literária desta tradução.

Impresso no Brasil

ISBN: 978-85-01-08930-4

Seja um leitor preferencial Record.
Cadastre-se e receba informações sobre
nossos lançamentos e nossas promoções.

EDITORA AFILIADA

Atendimento e venda direta ao leitor:
sac@record.com.br

Para as mães, especialmente a minha.

Sumário

Introdução	15
Histórias	25
Ah, rapaz, 1993	27
— Louise Story, Cos Cob, CT	
Adeus, dedo verde, 1942	29
— Thelma Kandel, Nova York, NY	
Segredo ardente, 1966	30
— Suzan Shutan, East Haven, CT	
Medo dos 14, 1991	32
— Erica Jong, Nova York, NY	
A mentira, 1948	36
— Shalom Victor, Santa Cruz, CA	
Alemanha, 1942	38
— Nina Bassman, Queens, NY	
A artista, 1968	40
— Nina Bentley, Westport, CT	
Bat mitzvah sangrento, 2002	41
— Sarah Rosen, New Haven, CT	

Indo a extremos, 1982 — 43
— Michele Jaffe, Los Angeles, CA

Parente de sangue, 1976 — 46
— Sondra Freundlich-Hall, San Francisco, CA

Molhada demais, 1994 — 47
— Rafia

Guatemala: Conselho de uma fabricante de queijos, 1953 — 49
— Flori, Chicago, IL

Mehn-su, 1992 — 50
— Amy H. Lee, Berkeley, CA

Posso pular este período?, 1971 — 52
— Patty Marx, Nova York, NY

Silêncio, anos 1930 — 53
— Elizabeth Siciliano, Cleveland, OH

Uma vagina invejosa, 1981 — 54
— Nancy L. Caruso, Cardiff, CA

Na floresta, 1964 — 58
— Sharon Gerhard, Novato, CA

Perda e ganho de responsabilidade, 1969 — 60
— Zannette Lewis, Richmond, VA

O período Ming, 1999 — 63
— Aliza Shvarts, Los Angeles, CA

O saque de Andy Roddick, 2003 — 65
— Jen Bashian, Los Angeles, CA

Uma menstruação invisível, 1981 — 67
— S., Nova York, NY

Ah, a "alegria" da menstruação!, 1987 — 68
— Megan McCafferty, Princeton, NJ

O rubor, 2002 — 71
— Elli Foster, Lancaster, PA

Salsicha com barbante, 1993 — 73
— Ellen Devine, Wallingford, CT

Período do presidente Mao, 1967 — 78
— Xiao Ling Ma, Nanquim, China

RS {.}, 2005 — 79
— Zoe Kauder Nalebuff, New Haven, CT

Sangue nos trilhos, 1972 — 80
— Patricia E. Boyd, Pittsburgh, PA

Borrões de tinta e manchas de leite, 1987 — 82
— Krista Madsen, Brooklyn, NY

Glamourosa, mas não por muito tempo, 1981 — 87
— Jennifer Baumgardner, Nova York, NY

Sei que você não está aí, Deus. Sou eu, Kate, 1990 — 90
— Kate Zieman, Toronto, Canadá

A praga, 1939 — 95
— Lola Gerhard, San Francisco, CA

O vaso simples: parte I, 1997 — 97
— Laura Wexler, New Haven, CT

O vaso simples: parte II, 1997 — 100
— Rebecca Wexler, Nova York, NY

Decepcionada, 2007 — 102
— Tatum Travers, Chicago, IL

Atrasadíssima, 1970 — 104
— Judy Nicholson Asselin, Westtown, PA

Descarte adequado, 1993 — 107
— Catherine Conant, Middletown, CT

Estofamento de colchão, 1990 — 108
— Yulia, Nova York

Não jorrem por mim, por favor, 1979 — 110
— Monica Wesolowska, Berkeley, CA

O tapa, 1972 — 112
— Ilene Lainer, Nova York, NY

Resgatada por uma refugiada, 1941 — 114
— Pearl Stein Selinsky, Sacramento, CA

A ira dos deuses, 1970 — 115
— Jill Bialosky, Cleveland, OH

Trancada em um quarto com *dosai*, 1962 — 117
— Shobha Sharma, Chennai, Índia

Simples como sal, 1967 e 2008 — 122
— Jacquelyn Mitchard, Madison, WI

Señorita, 1980 — 125
— Kica Matos, New Haven, CT

Posso sentar no colo dele?, 1916 — 127
— Henrietta Wittenberg, Nova York, NY

Barbies e biologia, 1996 — 129
— Aysegul Altintas, Istambul, Turquia

Um trecho de "Letters" — 132
— Maxine Kumin, New Hampshire

Meu sistema de apoio foi uma caixa, 1977 — 133
— Bonnie Garmisa, Guilford, CT

Barbatanas, 2004 — 134
— Lily Gottchalk, Wallingford, CT

Morrendo na terra de Dionísio, 1972 — 136
— Mary Hu, New Haven, CT

Passo em direção à feminilidade, mas com a madrasta, 1983 — 138
— Lisa Selin Davis, Brooklyn, NY

Yodelay Uh-oh, 1982 — 141
— Cecily von Ziegesar, Brooklyn, NY

O vestido branco, 1971 — 144
— Kathi Kovacic, Cleveland, OH

Na frente do quadro-negro, 1979 — 146
— Emilia Arthur, Accra, Gana

Se os homens menstruassem — 148
— Gloria Steinem, Nova York, NY

Uma poça, 1991 — 153
— Laura Madeline Wiseman, Arizona

Fora do armário, 1968 — 155
— Joyce Maynard, Mill Valley, CA

Manchando o Citroën, 1970 — 161
— Catherine Johnson-Roehr, Bloomington, IN

Molho de *cranberry*, 1993 — 163
— Barclay Rachael Gang, Miami, FL

Tsihabuhkai, 1962 — 166
— Juanita Pahdopony, Lawton, OK

O sonho, 1994 — 169
— Annie Sherman, Chico, CA

Operação menstruação!, 1998 — 171
— Jennifer Asanin Dean, Hamilton, Canadá

Folhas esmagadas no Quênia, 2006 — 173
— Thatcher Mweu, Nairóbi, Quênia

Onde está a minha cinta?, 1979 — 175
— Meg Cabot, Bloomington, IN

Minha segunda primeira menstruação, 1977 — 178
— Bernadette Murphy, Los Angeles, CA

Lembrança: Dia 1, 1973 — 183
— M. Eliza Hamilton Abegunde, Evanston, IL

Um golpe na máquina de absorventes, 1960 — 185
— Linda Lindroth, New Haven, CT

Cachorro de cabeça para baixo, 2004 — 187
— Marian Firke, Chicago, IL

O arreio, 1961 — 189
— Deo Robbins, Santa Cruz, CA

Os Von Trapp e eu, 1980 — 190
— Debby Dodds, Los Angeles, CA

Vista-se adequadamente, 1974 — 194
— Bita Moghaddam, Pittsburgh, PA

A dor de ouvido, 1975   197
— Dra. Miriam Nelson, Medford, MA

Paternidade progressiva, 1993   198
— Nancy Gruver e Joe Kelly, Duluth, MN

Demonstração no HoJo, 1968   201
— Linda Greenberg, Chicago, IL

Não mais na liga infantil, 1993   203
— Moira Kathleen Ray, Portland, OR

EuroDisney, 1992   204
— Jessy Schuster, Miami, FL

A cavalo, anos 1960   206
— Margaret Whitton, Martha's Vineyard, MA

Não ficar, 1980   208
— Rachel Vail, Nova York, NY

A sereia, 1974   212
— Sara Hickman, Austin, TX

Quando você ligou da Califórnia para casa para me dizer que havia começado   214
— Penelope Scambly Schott, Portland, OR

Manteiga de amendoim e achocolatado, 1959   216
— Kathrine Switzer, Nova Zelândia e Nova York, NY

Tamora Pierce salva a pátria, 2006   217
— Madeleine, Nova York, NY

Escorregadia na escadaria, 1965   218
— Tamora Pierce, Nova York

No hemisfério Sul, 1983	220
— Jenni Deslandes, Sydney, Austrália	
Hora de rezar, 2006	222
— Fatema Maswood, Cromwell, CT	
O lugar certo na hora certa, 1952	224
— Leigh Bienen, Evanston, IL	
Mês de sangue, 1979	225
— Sandra Guy, Paris, França	
Desabrochando tarde, 1998	233
— Emily Hagenmaier, Los Angeles, CA	
A história às vezes se repete, 1970	235
— Marianne Bernstein, Filadélfia, PA	
Programa dos 12 passos, 1946	237
— Marcia Nalebuff, Newton, MA	
Fluxo, 1983	239
— Tonya Hurley, Nova York, NY	
A gente sempre se lembra da primeira	243
— Carla Cohen, Washington, DC	
Eufemismos e palavras codificadas	244
Saiba mais	246
Faça mais	248
Agradecimentos	251
Autorizações	254

Introdução

Toda mulher se lembra da sua primeira menstruação — onde e como aconteceu, para quem contou — se é que o fez —, até mesmo o que estava vestindo. E ainda assim, apesar das lembranças vívidas dessa ocasião importante, quase ninguém fala sobre ela. Menos ainda escrevem a respeito.

Por quê? Porque a primeira menstruação é um tema constrangedor. *Meu livrinho vermelho* está aqui para mudar isso. Este livro é um esforço para nos ajudar a aceitar o constrangimento e, assim, acabar com ele. Pensem nisso desta forma: se o Napoleon Dynamite pode ser legal, as menstruações também podem.

Como primeiro passo, podemos registrar nossas próprias histórias e compartilhá-las. As histórias sobre a primeira menstruação de *Meu livrinho vermelho* foram obtidas de mulheres de gerações diferentes e situações culturais diferentes. As autoras são oriundas desde Nova York a Nanquim, e as histórias vão da conversa de uma adolescente novinha via MSN às lembranças de uma avó a respeito dos tempos anteriores aos absorventes. Há histórias sobre tapas, tubarões, irmãos menores, acidentes com encanamento, ioga e escapadas de provas de Matemática.

Vocês podem estar pensando em como eu, uma garota aparentemente normal de 18 anos, acabei reunindo histórias sobre menstruação. Gosto de pensar que *Meu livrinho vermelho* é o resultado do melhor equívoco que já aconteceu comigo. Tudo começou com a minha primeira menstruação.

Eu tinha 12 anos e estava visitando meu avô viúvo e um tanto severo em Boynton Beach, na Flórida. Estava fazendo esqui aquático quando percebi pela primeira vez uma mancha marrom se espalhando regularmente pelo território do meu maiô amarelo. Minha interpretação da mancha de Rorschach evoluindo no meu traseiro me levou à conclusão lógica de que eu devia ter sentado em cima de alguma coisa, como lama ou talvez beterrabas. Como estava no meio do lago, tinha que esquiar até chegar de volta à terra antes que pudesse ir ao banheiro para investigar mais a fundo. Uma vez na privacidade do banheiro à beira do lago, comecei a ter uma crise nervosa. Isso não era só uma sujeira no meu maiô. Era a minha menstruação. *Aaaah!!!!*

Não precisa entrar em pânico, disse a mim mesma; havia um tubo de papelão que resolveria todos os meus problemas. Mas, 25 centavos depois, eu estava ainda mais confusa. Onde era para botar, como iria tirar e, mais importante, como é que eu ia limpar a sujeira?

Minha mãe com certeza teria as respostas. Eu digitei o número. Dez vezes. Nenhuma resposta. Em seguida tentei ligar para a minha avó. Ela tentou valentemente me guiar pelas complexidades da inserção do absorvente. Mas fazia anos desde sua última menstruação e sua última instrução de "quem sabe um pouco para a esquerda?" confirmou que era um cego guiando o outro. Frustrada e derrotada, enfiei toalhas de papel no maiô e voltei gingando para o barco, determinada a terminar minha tarde de esqui aquático sem contar para ninguém que eu havia ficado você-sabe-o-quê. Digamos apenas que fazer esqui aquático enquanto se tenta esconder o traseiro pode ser classificado como um novo tipo de dança.

Depois que todas as toalhas de papel haviam se desintegrado e estávamos indo para casa, meu avô fez um desvio inesperado na rota. Acabamos na farmácia local, onde ele com relutância reconheceu o que estava acontecendo e gaguejou em seu francês nativo que eu deveria pedir ajuda a alguém. Seu constrangimento era contagioso, e eu fiquei envergonhada demais para pedir ajuda a qualquer um.

Talvez por eu não ter pedido ou porque a comunidade de Boynton Beach está mais acostumada com incontinência do que com menstruação, a coisa mais próxima de um absorvente que consegui encontrar foi seu parente distante, a fralda geriátrica. Lá estava eu, finalmente crescida e usando fralda de novo — não exatamente a forma como havia imaginado receber minha idade adulta.

Quando afinal consegui falar com a minha mãe, demos boas risadas e choramos juntas. Para meu horror, ela decidiu compartilhar meu relato cheio de lágrimas com... todo mundo. Na reunião de família seguinte, meu trauma da primeira menstruação foi o tema da discussão do jantar. Eu havia sido traída.

Mas então algo incrível aconteceu. As mulheres da minha família começaram a contar suas histórias. Fiquei sabendo que minha avó descobriu sua primeira menstruação ao perceber um rastro de gotas vermelhas na escada. Eu sabia que minha tia-avó Nina fugira da Polônia para escapar da deportação para um campo de concentração. Mas jamais ouviria dizer que tivera sua primeira menstruação naquela viagem e que isso a salvou de sofrer uma revista completa pelos nazistas na fronteira com a Alemanha. A parte mais incrível de sua história foi que, antes de contá-la para mim, ela jamais a contara a ninguém — nem a seus filhos nem a seus amigos, ninguém.

Com uma sensação de urgência, percebi que havia uma geração inteira cujas histórias jamais seriam contadas a não ser que alguém fizesse algo. E então, pelo bem da posteridade, eu decidi cometer suicídio social e comecei a perguntar sobre as primeiras menstruações. Apesar das minhas perguntas terem feito algumas mulheres se encolherem, as respostas fizeram tudo valer a pena. A cada nova história eu sentia que havia tropeçado em um tesouro enterrado que merecia ser divulgado. Assim começou *Meu livrinho vermelho*.

Aqui eu reuni as melhores histórias que escutei. Imaginem como Fernão de Magalhães viu a terra, Galileu olhou para as estrelas ou Sophie Kinsella compra saltos altos e você entenderá como passei a me sentir a respeito de histórias sobre a primeira menstruação — uma coleção infinita, à espera apenas de ser descoberta. Este livro é um esforço para trazer a menstruação à arena de discursos aceitáveis para que todas nós possamos recolher e dividir essas experiências sem o menor resquício de constrangimento.

Em um mundo onde aceitamos *Os monólogos da vagina*, onde *Juno* ganhou um Oscar e, ora, onde até vimos o mamilo direito de Janet Jackson, as garotas não têm motivos para sentir vergonha de seus corpos. Como Katherine Mansfield diz em *Felicidade e outros contos*, "Para que receber um corpo se você tem que mantê-lo fechado em uma caixa como um violino muito raro?". Está na hora dos monólogos da menstruação.

Esse poderia ser o título do livro. Em vez disso, eu queria lembrar o *Livro vermelho* de Mao, o manifesto distribuído para todos os cidadãos chineses durante a Revolução Cultural. *Meu livrinho vermelho* partilha do espírito revolucionário de seu xará chinês — menos a propaganda comunista. É um chamado às armas literárias para recuperar nossa história de direito. Também serve como agradável companhia de cabeceira.

Para aquelas que acabaram de ter ou estão prestes a ter sua primeira menstruação, este livro irá ajudá-las a saber o que esperar e lembrá-las de que não estão sozinhas. Esperemos que ele abra seus olhos para as mulheres à sua volta e deixem-nas ver que mesmo sua avó que joga bingo já esteve um dia na mesma situação. É claro que você não precisa ser uma garota para gostar de *Meu livrinho vermelho*. Estas histórias falam de experiências universais: lidar com os pais, relacionar-se com a sua identidade cultural, sentir-se inadequada perto dos irmãos e irmãs, ser posta na berlinda e lutar contra o crescimento.

Enquanto lia essas histórias, me vi de volta às mesmas perguntas: por que há tão pouca comemoração do acontecimento? O que a experiência da primeira menstruação de uma mulher revela a respeito de seu caráter? E existe alguém que *não* leu o livro de Judy Blume, *Are you there, God? It's me, Margaret*?

A saga da adolescente novinha de Blume parece ser a Bíblia das garotas na puberdade. Isso é compreensível; para muitas colaboradoras, o livro de Blume foi sua fonte principal de informações relativas à primeira menstruação. Para Meg Cabot, significou acreditar que as garotas ainda usavam absorventes com cinta, como Margaret fazia. Isso me leva a concluir que está na hora de atualizarmos e expandirmos nosso cânone de primeiras menstruações. Como disse Mao, "deixem que cem flores desabrochem".

Estas histórias nos ensinam mais que os fatos da vida. Como Michele Jaffe observa em "Indo a extremos", a forma como uma garota lida com sua primeira menstruação diz muita coisa sobre quem ela é e sobre quem se tornará. O instinto da artista Nina Bentley de desenhar uma flor com sua mancha era um sinal de sua futura carreira. A frustração de Bita Moghaddam pelo fato de só as garotas menstruarem prenunciou seu feminismo.

Acima de tudo, as histórias me deixaram imaginando: *Onde é a festa da menstruação?* Com muita frequência a menarca identifica uma ocasião sombria. Em sua história "Perda e ganho de responsabilidade", Zannette Lewis escreve que a menarca historicamente assinalava a idade em que uma escrava podia ser vendida como mulher. Em "Os arreios", Deo Robbins descreve como se sentiu humilhada quando usou pela primeira vez a toalhinha higiênica de sua mãe. Várias histórias recontam a dor de ser esbofeteada no momento de dar a notícia.

Infelizmente o tabu da menstruação está embutido em nossas religiões, nossas culturas e nossa história. O Alcorão (2:222) declara que mulheres menstruadas "são impuras" e ordena que os homens "fiquem longe das mulheres durante a menstruação e não se aproximem delas até que estejam limpas". As mulheres judias são proibidas de fazer sexo. As donas de casa francesas não podem fazer maionese e, como Shobha Sharma descreve em sua história "Trancada em um quarto com *dosai*", as mulheres indianas são exiladas de suas próprias casas. Até os grandes filósofos tocaram no assunto. Na antiga Roma, Plínio, o Ancião, escreveu que o sangue menstrual "azeda o vinho novo, lavouras tocadas por ele se tornam estéreis, mudas morrem, sementes em jardins ficam secas, as frutas das árvores caem, o fio do aço fica cego e o brilho do marfim fica fosco".*

Hoje em dia, Plínio parece ridículo, mas a discriminação e a ignorância continuam. Os problemas vão muito além de receber ordem para ficar de fora da aula de ginástica. No Paquistão, 87 por cento das meninas não ouviram falar de menstruação antes de seu primeiro ciclo.** Na África, a

---

*Plínio, *História natural*, tradução H. Rackham (Cambridge, MA: Harvard University Press, 1961), livro 7, p. 549.
**"Adolescência no Paquistão: Sexo, casamento e saúde reprodutiva", *Marie Stopes Society Journal* (2006).

falta de suprimentos de higiene costuma forçar as meninas a ficar em casa e não ir à escola durante seus períodos menstruais, privando-as assim de quase um quarto de sua educação legítima. E então existem as várias tribos africanas que marcam a primeira menstruação de uma menina como a data para mutilação genital.

Isso não quer dizer que não avançamos ou que não haja nenhuma cultura que comemore a ocasião. Vejam os Navajo, por exemplo. *Kinaalda*, a comemoração da primeira menstruação de uma mulher, é uma de suas cerimônias mais importantes. O ritual de quatro dias de duração é cheio de cantos e danças alegres. Se os homens ficassem menstruados, podem apostar que iriam comemorar. Esse é o foco do ensaio clássico de Gloria Steinem "Se os homens menstruassem", no qual ela imagina como os homens iriam glorificar seus ciclos menstruais. É claro que não precisamos nos pavonear ou dar festas fechadas. Comemorar pode significar só contar para a mãe.

Mesmo se tiverem perdido a primeira oportunidade de comemorar, cada mês nos dá uma nova chance. Não é um mistério o fato de mulheres que moram juntas sincronizarem suas menstruações? Ainda que nossa relação com a lua não seja científica, mesmo assim ela nos dá uma sensação de poder. Esse "sofrimento" mensal mútuo devia nos unir e nos inspirar. Ninguém apresenta isso melhor do que Erica Jong quando explica — em *O que as mulheres querem?* — que "a fonte da minha inspiração se encontra no fato de eu nunca esquecer o quanto tenho em comum com outras mulheres, de quantas maneiras estamos similarmente ligadas". Sem dúvida, Krista Madisen cita "o lindo desalinho de ser uma mulher" como um tema constante em seu trabalho, reaparecendo e se reinventando cada vez que ela escreve. Muitas colaboradoras me contaram que escrever a história de sua primeira menstruação foi profundamente introspectivo, trazendo à tona lembranças esquecidas de infância e um sentimento de identidade e ligação com todas as mulheres. A menstruação é uma coisa poderosa.

Minha expectativa é que este livro as ajude a começar um diálogo com todas as mulheres à sua volta. Noto a importância dessa comunicação na minha própria vida; falar sobre a primeira menstruação modificou o teor de minhas conversas na hora do almoço: em vez de fofocas, direitos das mulheres. Para muitas colaboradoras, escrever suas próprias histórias as levou a perguntar a suas mães sobre as histórias delas ou a falar mais abertamente com suas filhas. Dois grupos de mães e filhas até se inspiraram para mandar as histórias juntas. Ao divulgarmos nossas próprias histórias, abrimos canais de comunicação entre as mulheres — mães e filhas, irmãs e tias — e transformamos um tabu em motivo de comemoração. O diálogo já começou.

Cabe a vocês continuar.

Rachel Kauder Nalebuff
New Haven, Connecticut

Histórias

Ah, rapaz, 1993

A cronologia: eu aprendo, eu choro, eu desejo, eu fico, eu divulgo.

Terceiro ano: mamãe me fala sobre menstruação enquanto passamos de carro na frente do posto da Mobil e da loja de sorvete de iogurte. Eu fico olhando fixo para o sinal vermelho, me sentindo irritada. Eu não queria saber sobre isso. Não quero ficar menstruada. Espinhas não aconteceriam, seios não aconteceriam e com certeza não a menstruação.

Quarto ano: mamãe enfia gigantescos absorventes na minha mala quando vou para a colônia de férias. Só para garantir. Mais uma vez, ela me diz o que farei se "ela" vier e, mais uma vez, eu odeio ouvir sobre isso. Por que ela não para de falar nisso? Não quero saber o grande segredo feminino, nem agora nem nunca.

Às vezes ela manda meu pai sair para comprar absorventes internos.

— Logo ele comprará para duas — diz ela. Levo algum tempo para perceber que a outra mulher serei eu.

Quinto ano: minha amiga da sétima série está na minha casa e estou ansiosa para impressioná-la. A menstruação, eu sei, é para adolescentes. Derramo um vidro inteiro de perfume rosa fosforescente na minha calcinha e corro para encontrá-la. Mas ela ri da mancha, mesmo quando pergunto:

— É a minha menstruação?

Ela me diz para conversar com a minha mãe a respeito. Envergonhada demais com o meu sangue de mentira, jogo a calcinha fora.

Sétimo ano: fico menstruada de verdade e não é rosa fosforescente. Graças à mamãe, há quatro anos tenho gigantescos absorventes debaixo da minha pia, onde os coloquei depois da colônia de férias. Ando cambaleante durante um dia, aí peço absorventes internos para minha mãe. Eu agora sou a outra mulher.

Oitavo ano: meu irmão de 9 anos entra no meu quarto e me diz que minha mãe mandou que ele aprendesse sobre menstruação.

— Sério? Por que ela mesma não contou?

— Não sei, Louise, ela só me disse para te perguntar.

Com relutância, começo uma explicação e até lhe mostro como são os absorventes internos e externos. Fico emocionada só de contar. Quando termino, não posso deixar de pensar que fiz um bom trabalho.

Mais tarde, pergunto a minha mãe por que ela mandou meu irmão vir até mim atrás de uma explicação.

— Não mandei. Por que mandaria? — pergunta.

Percebo que fui enganada.

— Não disse nada a ele, disse, Louise?

— Louise Story, Cos Cob, CT

Louise Story é redatora do New York Times, *onde cobre Wall Street. Gosta de se referir à sua menstruação como "minha amiga comunista".*

Adeus, dedo verde, 1942

Quando fiquei menstruada, meu pai me disse que eu não devia molhar as plantas, senão elas morreriam.*

— Thelma Kandel, Nova York, NY

Thelma é artista multimídia e autora de What women earn *e* What to name the cat.

---

*Tabus impedindo mulheres menstruadas de plantar ou praticar jardinagem existem em diversas culturas desde os tempos da Bíblia. De acordo com *The curse: A cultural history of menstruation*, nos anos 1920 alguns cientistas chegaram ao ponto de alegar que mulheres menstruadas excretavam "menotoxinas" que matavam as plantas. Todas as tentativas de reproduzir suas pesquisas falharam.

Segredo ardente, 1966

Eu tinha 11 anos e fui a primeira de todas as minhas amigas a ficar menstruada. Como a maioria das meninas não parecia ficar menstruada até ter 12, 13 ou 14 anos, meus pais e os pais das minhas amigas não haviam se dado o trabalho de discutir o assunto. Eu não fazia ideia do que era um período menstrual. Quando garotas mais velhas usavam a expressão, eu achava que estavam falando sobre a estrutura da frase. Em uma tarde de verão, quando estava sozinha em casa, me senti pegajosa entre as pernas, como se tivesse feito xixi nas calças. Fui ao banheiro, abaixei a calcinha e fiquei chocada ao descobrir que estava ensopada de sangue. Naquele momento, eu soube que estava morrendo.

Eu não estava preocupada com minha morte, mas achei que meus pais e amigos poderiam ficar tristes, então a mantive em segredo. Não contei para ninguém. Todos os dias, durante 11 dias, perto do pôr do sol, eu tirava a calcinha ensopada de sangue e o short ou as calças através dos quais o sangue tivesse vazado, ia para fora até as latas de lixo escondidas atrás de uma cerca em volta de uma mata e botava fogo nos objetos sanguinolentos, observando-os queimar até que virassem cinza.

No 12º dia eu fui pega. Minha mãe me descobriu, descobriu o fogo e o vestígio na minha última calcinha. Ela me perguntou por que eu havia queimado minha calcinha. Naturalmente eu não podia contar a ela que estava morrendo, então me recusei a falar. Ela ficou zangada, me levou marchando para seu quarto e exigiu que eu explicasse para meu pai por que estava queimando a calcinha. Meu silêncio provocou fúria e, juntos, meus pais começaram a me tirar privilégios até quando não me restou nem a possibilidade de sair de casa. Então contei a eles. Eu estava sangrando... eu estava morrendo... e eu os estava poupando da minha dor.

— Suzan Shutan, East Haven, CT

Suzan é artista plástica e exibe seu trabalho nacional e regionalmente. Gosta de se referir à sua menstruação como "o momento inoportuno".

Medo dos 14, 1991

Algumas pessoas acreditam que as mulheres estão mais ligadas à natureza que os homens. Parecemos ter menos melindres a respeito de sangue, xixi e cocô — pelo menos algumas de nós. E isso deve ser bom, porque vamos passar por muitas metamorfoses em nossas vidas, e o sangue fará parte delas. Não podemos nos dar ao luxo de ter medo de sangue. Temos que tratá-lo como um sinal de maturidade.

Essas coisas da vida estão ligadas à nossa capacidade de fazer bebês, e sempre me surpreende ver quantas vezes o corpo das mulheres se transforma. É totalmente milagroso que nossa barriga cresça e depois diminua, para voltar a crescer e diminuir. E talvez tudo isso nos deixe mais flexíveis e menos medrosas. Nós entendemos que a vida é metamorfose, o que é uma coisa muito boa de se saber. Estamos sempre mudando. Toda a sabedoria está em entender isso.

A infância dificilmente não tem seus terrores — tanto solitários quanto sociais. Mas tudo chega a um terrível auge no ensino médio. Os garotos ficam mais cruéis e a angústia da adolescência nos deixa mais vulneráveis. É a puberdade que faz isso, ou o medo da puberdade. Garotas com peitinhos dominam as meninas de peito achatado. Se não nasceu sabendo sobre absorventes e menstruação, você é considerada uma *retardada*.

Uma vez, na colônia de férias, eu conspirei com um grupo de garotas para esmagarmos cerejas maduras na parte de baixo das calcinhas limpas e brancas de outra menina. Ela vestiu as calcinhas e entrou em pânico, achando que havia tido sua primeira menstruação. Que coisa horrível de se fazer! Eu a defendi? Não. Fui tão cruel quanto as outras. Provavelmente *inventei* o trote diabólico e agora estou tentando suprimir essa lembrança. Nós todas podemos ser igualmente cruéis nessa etapa da vida.

Minha filha Molly não foi exceção. Estávamos viajando pela Itália no verão em que ela tinha de 13 para 14 anos. Eu queria levá-la para conhecer Florença e especialmente a adorável *villa* onde eu havia estudado italiano quando adolescente. O lugar se chamava Torre di Bellosguardo e ficava em uma colina verdejante acima de Florença, com vista para o Duomo. Caminhos com parreiras levavam à periferia da cidade. Tudo era salpicado de verde e branco pelo sol.

Dirigimos pela autoestrada vindo de Veneza, chegamos no final da tarde e tivemos sorte em conseguir o último quarto disponível no hotel em que a *villa* havia se transformado. Mas o quarto não tinha ar-condicionado e Molly ficou irada. Fomos até a piscina para dar um mergulho. Florença estava um forno. Nossas camisetas grudavam nas costas.

— Que piscina horrível! — reclamou Molly. — E temos um quarto horroroso e quente. Não consigo entender por que você quis vir para este lugar abandonado!

Minha intenção era partilhar lembranças maravilhosas com Molly e ela não queria nem saber. Fiquei arrasada.

Ela reclamou e reclamou até que eu fiz o que nunca fizera antes ou depois — esvaziei uma garrafa gelada de San Pellegrino em cima da cabeça dela. Ela fugiu para o banheiro feminino externo em um ataque de raiva e, pouco tempo depois, pude ouvi-la me chamando para ir até o banheiro.

— Mamãe, olhe! — disse, me mostrando um pedaço de papel com sangue vermelho-vivo. Aí ela jogou os braços em volta de mim, dizendo: — Mamãe, eu te amo tantoooooo!

Ficamos acordadas a noite inteira naquela noite, conversando sobre um milhão de coisas sobre as quais nunca havíamos realmente discutido: meu divórcio do pai dela, sua infância e até a minha primeira menstruação.

— Estávamos no *Île-de-France*, voltando para Nova York de férias na França — contei para Molly — e, de repente, ela estava lá. Minha mãe costumava chamar de "ficar incomodada" — o que eu achava ser uma expressão antiga. Eu usava tantos absorventes e lenços de papel que vivia entupindo a privada. O comissário costumava vir e me dar grandes broncas em francês. Eu ficava com a maior vergonha. Ele vivia tendo que desentupir a minha privada. Eu sentia que o navio inteiro vibrava com a minha vergonha.

"Agora você vai poder ter bebês", minha mãe havia dito — o que não fez eu me sentir nem um pouco melhor. E aí ela me deu uma grande palmada no traseiro.

— Para que foi isso? — perguntei.

— É para dar boa sorte — respondeu.
— Por quê? — perguntei.
— É, por quê? — repetiu Molly.
— Minha mãe acreditava em todas as *bubbameiseh* de todas as culturas. Para ela, superstições nunca eram demais — principalmente as desagradáveis para espantar o mau-olhado.
— Essa é a vovó — disse Molly. — E é muito bom que você nunca tenha me dado palmadas! — acrescentou.
— Se eu não sabia o que significava, por que faria isso?
— Certo — falou minha filha. — A superstição tem que acabar em algum momento.

— Erica Jong, Nova York, NY

Erica Jong é escritora e poeta aclamada pela crítica. É pioneira em literatura feminista progressista e autora de vinte livros, incluindo o romance best-seller Medo de voar. *Em seu trabalho de 2006,* Seducing the demon: Writing for my life, *Jong reflete sobre sua juventude e dá conselhos aos escritores. Seu trabalho mais recente é* Love comes first, *livro de poesias publicado em janeiro de 2009.*

A mentira, 1948

Todos os dias eu examinava minha calcinha, procurando pela mancha marrom-escuro sobre a qual falavam as garotas da minha idade. Eu tinha 13 anos e queria ser igual a todo mundo, ser incluída no círculo de garotas que haviam se tornado mulheres. Apesar de algumas ficarem contrariadas com a sujeira e as cólicas, isso era algo que eu desejava, algo que parecia inalcançável para mim.

Humilhada e me achando fora das leis naturais de Deus, eu menti.

Minha mãe perguntou:

— Quando?

— Na escola — falei, dando de ombros, como se para dar a entender que não era nada demais. Minha mãe não me fez mais perguntas, pois acho que ela era pudica, apesar de eu ter visto um ligeiro sorriso passar por seu rosto. Nós não éramos muito chegadas e não tínhamos a amizade fácil que algumas garotas desfrutavam com suas mães.

Eu ouvira amigas da escola dizerem: "Ah, meu Deus, eu quase morri, sujou toda a parte de trás da minha saia." Entrei na conversa naquele momento.

— Ah, é? — falei, balançando a cabeça. — Isso também aconteceu comigo. Não é horrível?

Senti-me culpada por causa da minha mentira e também terrivelmente preocupada que nunca fosse me tornar uma delas.

Quando estava prestes a fazer 15 anos, não tendo obtido nenhum resultado com as preces silenciosas no meu quarto, subi as escadas para o telhado do nosso prédio de apartamentos de quatro andares. Olhei para os outros telhados, a gaiola de tela de arame em cima da escola primária que eu havia frequentado, estiquei meus braços na direção do firmamento e rezei.

— Querido Deus, por favor me dê a minha menstruação — que eu achava que era minha de direito —, por favor! Só quero fazer parte da turma! — Acrescentei uma oração adicional: — Pode me dar peitos também, enquanto estiver fazendo isso?

Dois dias depois, acordei com uma sensação pegajosa na calça do meu pijama. Quando a puxei para baixo, eu já sabia o que havia ali. Senti uma felicidade inenarrável. Troquei de calça e corri para o banheiro para procurar o estoque de absorvente da minha mãe. Enfiei um na calcinha e descobri que mal conseguia andar. Parecia que eu estava montada em uma almofada de sofá.

Para meu azar, dessa vez — que era a verdadeira — não havia ninguém a quem contar.

— Shalom Victor, Santa Cruz, CA

Nascida no Bronx, Shalom Victor atualmente trabalha em Following the leader, *um livro sobre sua experiência como integrante de uma seita nos anos 1970. Ela tem cinco netos.*

Alemanha, 1942

Eu tinha 13 anos. Era 1942. Estávamos fugindo da Polônia e da deportação dos judeus.

As atrocidades cometidas pelos alemães se intensificavam. Guetos estavam sendo formados. Meus tios na Bélgica e na França tiveram um trabalho imenso para conseguir vistos e salvo-condutos para nos tirar dali. Para chegar à Bélgica tínhamos que atravessar a Alemanha. Minha história aconteceu no trem que chegava da Polônia no cruzamento da fronteira alemã. O trem parou e disseram que tínhamos que nos despir para que os guardas da alfândega nos revistassem.

Os guardas estavam procurando sobretudo joias escondidas e olharam nos lugares mais íntimos. Foi horrível. Eu havia escondido minha estrela de Davi amarela no sapato, mas ela foi descoberta. No meu pânico, perdi completamente o controle e fiz xixi nas calças. Mas, quando olhei para baixo, o que vi na verdade foi um fio vermelho. Corri para dentro do vagão e minha mãe viu o que estava acontecendo. Ela correu para os banheiros no outro lado do trem e agarrou vários rolos de papel higiênico, um dos quais enfiou na minha calcinha. De alguma forma conseguiu fazer isso de modo tão discreto que minhas duas irmãs e meu irmão nunca souberam. Ela sussurrou para mim que agora eu seria uma garota crescida em quem ela ia ter que confiar e que isso aconteceria todos os meses. Porém, o mais importante que ela me disse era que na Bélgica e na França, para onde estávamos indo, eles tinham excelentes toalhas higiênicas, muito melhores que as da Polônia.

— Nina Bassman, Queens, NY

Nina ensinava francês em uma escola pública de Nova York e fazia a melhor carne de peito bovino do mundo.

A artista, 1968

Acho que eu estava no sétimo ano. Havia mudado de uma escola particular (turma de 12 alunos) para uma escola pública (turma de quatrocentos) — uma grande mudança — e tinha acabado de cortar minhas tranças e comprado meu primeiro sutiã. Em sala de aula, um dia me levantei e minha saia grudou em mim. Eu me virei e vi uma mancha de sangue na minha saia de veludo cotelê marrom. O tamanho não ultrapassava o de uma moeda de cinquenta centavos, mas me parecia enorme. Rapidamente virei a saia para a frente e, com minha caneta esferográfica, colori a mancha. Esse foi o começo oficial da minha carreira como artista e o começo do meu hábito de manchar muitas, muitas coisas: cadeiras Luís XV estofadas no Ritz-Carlton em Londres e uma quantidade inumerável de colchões pelo mundo, sem mencionar a maior parte das minhas roupas. E, apesar da minha menstruação ter sido regular sem praticamente margem de erro de um dia durante cerca de quarenta anos, era sempre uma surpresa. Eu nunca estava preparada. E, tendo ficado grávida nove vezes, quando o médico perguntava "E quando foi a sua última menstruação?", eu nunca sabia.

— Nina Bentley, Westport, CT

Nina é artista plástica cujo trabalho costuma tratar de questões sociais femininas. Sua escultura Corporate Wife... Service Award Bracelet *faz parte da coleção permanente do New Britain Museum of American Art.*

Bat mitzvah sangrento, 2002

Eu não ia ser pega de surpresa. Li pela primeira vez o livro de Judy Blume *Irmãs de verão: Uma história de amizade, traição, amor e liberdade* quando tinha cerca de 11 anos. Nele, a personagem principal tem sua primeira menstruação aos 13 anos. Dali em diante, eu estava sempre prevenida para ficar menstruada quando menos esperasse. Seria na colônia de férias? No primeiro dia do sexto ano? Nas férias? Eu estava preparada para o pior, o mais aleatório, a hora menos esperada.

Quando eu estava com 12 anos e três meses, fiz meu *bat mitzvah*. Foi um dia tumultuado — eu ia me apresentar na frente de toda a minha família e dos meus amigos e ser recebida na comunidade judaica como adulta. Quando cheguei em casa depois do evento principal, estava exausta e tudo o que queria era tirar um cochilo antes da festa naquela noite. Fui para o meu quarto para mudar de roupa e usar o banheiro. Acontece que, em algum momento durante meu cântico em hebraico, eu me tornara mulher na minha calcinha toda. Apesar da tentativa de esperar o inesperado, de fato, eu não estava preparada para isso. Quem é que tem sua primeira menstruação no dia de seu *bat mitzvah*? Que tipo de piada sem graça é essa? Entrei no quarto da minha mãe e contei a ela, exausta e arrasada.

— Acho que acabei de ficar menstruada.

Ela respondeu:

— *Mazel tov*!

Meu maior medo era que ela fosse para a sala de estar cheia de parentes e lhes anunciasse a maravilhosa novidade: Sarah havia se tornado mulher duas vezes! Felizmente ela não fez isso, mas depois que me tornei um pouco mais mulher, não me incomodei de partilhar a história do meu *bat mitzvah* sangrento.

— Sarah Rosen, New Haven, CT

Sarah é aluna de Harvard. Ela faz teatro e de alguma forma sempre é escalada para o papel da ingênua.

Indo a extremos, 1982

Quando me sentei pela primeira vez para escrever isto, fiquei estarrecida ao perceber que não me lembrava da minha primeira menstruação. Nem um pouco. Inicialmente pensei que talvez tivesse sido *tãããããooo* traumático que eu tivesse bloqueado, mas isso não me parecia exato. Ainda assim fiquei com dificuldades para decidir o que escrever, então pedi a um bando de amigas que me contassem sobre suas primeiras menstruações, esperando que eu pudesse criar uma história baseada em uma de suas experiências — quero dizer, estimular a minha memória. Mas algo diferente aconteceu em vez disso. Ao ouvir suas histórias, descobri que o modo de reagir à Primeira Menstruação permite que a gente note o início de traços de personalidade que se intensificam na vida adulta. Dá um vislumbre perfeito dos padrões de comportamento de que você se valerá mais tarde na vida para pôr ordem em um mundo caótico.

Então uma amiga, que agora é a pessoa mais independente e estoica que eu conheço, ficou menstruada e não contou para ninguém, mas descobriu como lidar com aquilo sem pedir ajuda. Outra amiga que hoje em dia não consegue decidir se seu aparelho elétrico favorito é seu picotador de papéis ou seu robô aspirador de pó e mora na rua da Arrumação Compulsiva se lembra de que sua reação à menarca foi de desalento, porque sujava tudo. Minha amiga, que diagnostica a si mesma com toda doença que vê em um comercial de "Pergunte ao seu médico sobre..." na TV a cabo decidiu — a despeito de ter aprendido tudo sobre As Regras na escola e com a sua mãe — que estava morrendo e compôs várias combinações muito tocantes de poemas com ilustrações para sua lápide.

E aí havia eu.

Mais ou menos a partir dos 7 anos, fiquei obcecada por produtos de higiene feminina. Eu tirava às escondidas as instruções das caixas de absorventes internos que encontrava debaixo da pia dos pais das minhas amigas; ficava olhando anúncios de absorventes internos e externos na revista *Ms.* da minha mãe; visitava com frequência os corredores de Necessidades Femininas das farmácias, economizando minha mesada para comprar um de cada para poder desenvolver opiniões sólidas sobre produtos com fragrância ou não, qual aplicador ou formato era melhor, por que todas as maiores marcas terminavam com X. Em segredo ficava tentando entender os adesivos de "Novo! Sem Cinta!" em embalagens de absorventes externos, imaginando onde a cinta ficava anteriormente. (Mais tarde vivenciei o que um caçador de tesouros deve sentir ao topar com um fabuloso ídolo de ouro, quando descobri uma caixa empoeirada de absorventes com cinta no sótão da avó de uma amiga.) Eu era uma arqueóloga de produtos femininos, uma especialista em produtos da categoria X. Eu estava pronta. Quando a Minha Primeira Menstruação veio, foi um acontecimento sem importância, tão menos emocionante do que as compras que haviam levado a ela.

Em outras palavras, lidei com a minha primeira menstruação há tantos anos da forma como lido com a maioria dos desafios: fiz compras até ter a coisa perfeita para usar.

— Michele Jaffe, Los Angeles, CA

Michele é autora de uma série de romances históricos a respeito do Renascimento e do grande sucesso YA Bad Kitty, *que conta as aventuras de uma detetive adolescente e seu gato de três patas. Seus hobbies incluem comer tacos, usar sapatos com brilhos e, como sua história revela, fazer compras.*

Parente de sangue, 1976

histórias de intimidade
estão nos detalhes —
a nuança de ligação
a forma como o carinho se traduz em
um olhar, um assentimento, um sorriso.

não consigo me lembrar de nada disso na nossa história.

minhas lembranças são as menores possíveis
uma pequena pilha de
ossos brancos.

a primeira vez
em que vi sangue
sair de entre as minhas pernas
eu gritei
do banheiro,
agarrando o tapete dourado felpudo
com meus dedos do pé,
"mãe!"

você respondeu "tome"
empurrando um cilindro branco fino
por baixo da porta
sem abri-la.

— Sondra Freundlich-Hall, San Francisco, CA

Sandra mora com o marido, Alan, e dois filhos, Jasper e Nico. Escreve poesias desde antes de sua primeira menstruação e espera continuar escrevendo bem depois da última.

Molhada demais, 1994

Foi no verão depois do quarto ano. Eu estava ansiosa para voltar à Jackson Road Elementary para terminar a escola primária e entrar para a liga dos grandes (White Oak Middle). Na Jackson Road, eu era, é claro, a garota mais alta da turma, assim como a mais desenvolvida. Já usava sutiã de verdade e estava começando a me apaixonar de verdade pelos meninos. Já tinha começado a me masturbar.

Uma tarde, percebi que estava me sentindo um pouco molhada demais e fui ao banheiro para verificar as coisas. Eu estava sozinha em casa com as minhas irmãs mais velhas, que estavam tendo seus próprios problemas de puberdade. Vi a mancha de sangue na minha calcinha e fiquei com medo.

Enrolei lenços de papel e vesti uma calcinha limpa. Lavei a suja, esperando que ninguém percebesse a mancha. Eu não fazia ideia do que era aquela coisa vermelha e fiquei convencida de que havia me masturbado até causar algum tipo de hemorragia. Mas o que eu ia dizer à minha mãe? Que estava me masturbando? Achei melhor esperar alguns dias para ver se o sangue sumia. É claro que não sumiu.

No terceiro dia, eu estava morta de medo. Sabia que tinha que dizer alguma coisa para a minha mãe. Papel não ia funcionar para sempre. Comecei a chorar. Liguei para minha mãe no trabalho.

— Mamãe? Sabe aquele lugar que você falou que um dia talvez eu raspasse? Bem, tem sangue saindo de lá!

Ela começou a rir. Enquanto eu chorava histericamente, estava convencida de que minha mãe estava gostando do fato de eu estar morrendo.

— É só a sua menstruação, Rafia. Está tudo bem. Vamos comprar absorventes para você. Fale com as suas irmãs e diga a elas o que aconteceu.

E então eu fiz isso. Minhas irmãs mais velhas e eu tivemos a conversa sobre menstruação. Quando tudo estava acabado, eu não achava mais que ia morrer. Percebi que eu havia acabado de ser iniciada no maravilhoso mundo da puberdade e aprendi a ser grata.

— Rafia

Rafia é aluna de pós-graduação e estuda saúde pública africana.

Guatemala: Conselho de uma fabricante de queijos, 1953

Fiquei menstruada tarde, por volta dos 15 anos. Meus pais nunca me falaram nada a respeito, porque as pessoas simplesmente não falam sobre essas coisas. Mas uma mulher vinha à nossa casa para fazer queijo e eu gostava de conversar com ela e ver como ela fazia. Ela conversava muito comigo e foi quem me disse o que esperar. Tive cólicas terríveis quando fiquei menstruada e ela me avisou que doía tanto quanto dar à luz. Os pais da minha amiga tinham uma farmácia e me deram uns comprimidos para fazer a dor passar. Usávamos toalhinhas para absorver o sangue, porque não tínhamos o tipo de coisas que vocês têm nos Estados Unidos. Era muito importante não comer nada "frio"* — como abacate, leite e outras comidas frescas —, porque isso deixava a gente pior, já que ficávamos quentes quando estávamos menstruadas. Se comêssemos coisas frias, isso faria nosso estômago inchar e doer ainda mais. Também não devíamos comer ovos, porque diziam que faria o sangue menstrual cheirar mal. Não devíamos tomar banho por três dias, porque diziam que nossas veias ficariam saltadas, mas eu acho que isso não é higiênico.

— Flori, Chicago, IL

Flori é de uma cidadezinha no sul da Guatemala. Tem quatro filhos.

*Teorias de quente e frio são difundidas por toda a América Latina, onde as mulheres tentam equilibrar estados de calor e frio com comidas, ervas e remédios aos quais atribuem propriedades quentes e frias.

Mehn-su, 1992

Olhei para baixo e vi uma pequena mancha na minha calcinha com estampa de desenho animado. O pânico percorreu meu corpo. Arranquei a calça do meu pijama e saí correndo para o quarto da minha *unie* atrás de ajuda. Parei na porta dela, esperei que ela olhasse para cima e disse em uma voz baixa e assustada:

— *Unie*? Há algo errado.

Aos 10 anos, eu não sabia o que significava ficar menstruada. No ano anterior à minha primeira menstruação, no quarto ano, as meninas tiveram um dia de "Educação em Saúde Sexual". Meus pais marcaram a opção "NÃO, eu não consinto" no meu formulário. Meus pais foram criados depois da Guerra da Coreia, quando certamente não havia nada de educação sexual. A carta da minha escola primária explicava o propósito da educação sexual, mas meus pais tinham um inglês limitado e só precisavam entender uma palavra: sexual. Então, enquanto todas as meninas aprendiam sobre menstruação, absorvente e puberdade, eu fiquei sentada com os meninos e assisti a *Big Ben*, um filme sobre um urso marrom.

Na manhã em que fiquei menstruada, minha irmã me entregou um dos volumosos absorventes da minha mãe e me mostrou como usar. Fiquei imaginando em segredo por que não havia "cinta", já que minha única exposição a menstruações e absorventes vinha de uma versão ultrapassada de *Are you there, God? It's me, Margaret* na qual Margaret e suas amigas anseiam por suas menstruações e treinam prender as cintas aos absorventes. Eu usei absorventes todos os dias por três semanas. Não sabia quando iria voltar e se devia usar absorventes só para garantir. Não sabia como usar ducha higiênica. Corria para fora do chuveiro e punha a calcinha o mais rápido que podia porque tinha medo de que o sangue saísse esguichando. Essa foi minha apresentação à menstruação: muitas perguntas e nenhuma resposta.

Minha mãe só descobriu que eu havia começado a menstruar três dias mais tarde. Eu não sabia como dizer "menstruação" em coreano. Ela me perguntou se eu havia começado o meu *mehn-su*. Eu não fazia ideia do que *mehn-su* significava, mas, pelo tom da minha mãe, adivinhei que ela estava falando da minha menstruação. Assenti ligeiramente com a cabeça e ela gritou exasperada:

— Você é tão jovem! Por que está começando tão cedo?!

Eu não tinha a resposta para a pergunta dela, então silenciosamente a acrescentei à minha lista.

Só no sexto ano, quando troquei astutamente a marca do quadradinho NÃO para o quadradinho SIM, enfim tive algumas respostas.

— Amy H. Lee, Berkeley, CA

Amy é educadora em justiça social na região da baía de San Francisco.

Posso pular este período?, 1971

Tive a minha primeira menstruação quando estava com quase 16 anos. Vocês podem achar que minha prolongada imaturidade seria constrangedora para mim, mas na verdade era o oposto. Nunca achei que a menstruação seria a linda experiência descrita em Becoming a woman, o livro que nós, meninas do quinto ano, recebemos uma tarde quando os garotos estavam fazendo algo divertido, como dar socos uns nos outros no pátio ou recreio. Durante muito tempo, estava convicta de que seria a única mulher de toda a história com sorte suficiente para pular completamente esse aspecto da maturidade. Quando descobri que havia ficado menstruada, entrei batendo os pés no banheiro da minha mãe, onde ela estava tomando banho.

— Adivinhe como eu estou? — rugi com petulância para me fazer ouvir acima da água.

— Como?

— Menstruada!

— Acho que você devia estar feliz.

— Bem, não estou!

Minha mãe me disse que havia absorventes no armário do banheiro dela e me perguntou se eu precisava de instruções de uso. Eu lhe disse que descobriria sozinha e descobri.

Sei que estão pensando que eu devia consultar um psiquiatra. Provavelmente estão certas.

— Patty Marx, Nova York, NY

Patty Marx é escritora que contribuiu regularmente para o New Yorker. *É coautora de muitos livros, incluindo* Meet my staff, Now I never will leave the dinner table, Now everybody really hates me *e* How to survive junior high.

Silêncio, anos 1930

No nosso tempo, falar sobre aspectos pessoais e íntimos da nossa vida era tabu. Nós não conversávamos nem com nossa própria mãe. Ficávamos em silêncio, tímidas, assustadas, imaginando o que havia acontecido. Entre nossas amigas, elas ficavam igualmente em silêncio. Era como se nossos corpos estivessem nos punindo. Nossa etnia também ajudava a promover o silêncio. Após tantos anos, ainda posso ver a agitação e o medo de se tornar mulher. Graças a Deus as coisas mudaram.

— Elizabeth Siciliano, Cleveland, OH

Elizabeth Siciliano é da Calábria, na Itália. Sua família nunca discutiu nada que tivesse a ver com o corpo feminino — da menstruação à gravidez. Tem dois filhos, cinco netos e quatro bisnetos.

Uma vagina invejosa, 1981

Primavera, 1981

Meu nome é Nancy e sou a irmã mais velha. Em 1981, eu tinha 14 anos e a minha irmã mais nova, Janet, tinha 13. A maioria das minhas amigas estava esperando, ou já tinham tido, sua primeira menstruação. Eu esperava pela minha e me sentia preparada.

Uma tarde, sentada no escritório assistindo à *General Hospital* e comendo Doritos, o telefone dos meus pais tocou. Atendi apenas para ouvir minha irmãzinha Janet chorando ao telefone.

— Nancy, preciso da sua ajuda — disse ela.

Irmã mais velha e megera que eu era, repliquei:

— Do que é que você precisa?

— Fiquei menstruada! — soltou Janet.

Eu não podia acreditar — minha irmã mais nova ficou menstruada antes de *mim*!

— Está brincando? Não sei o que fazer, já que ainda não fiquei.

Com isso, eu gentilmente bati o telefone.

Em retrospecto, vejo a falta de consideração da minha parte em não ser uma boa irmã mais velha para Janet, mas eu estava irada. Eu devia ficar menstruada antes dela! Isso era um rito de passagem, uma maioridade se preferirem, e ali estava eu sentada e bufando de raiva porque minha irmã mais nova foi abençoada por ter sua vagina batizada antes de mim. Quando minha mãe chegou do trabalho naquela tarde, Janet lhe deu a notícia de maneira hesitante e cautelosa. Minha mãe ficou bastante surpresa na verdade, mas muito feliz por ela. Ótimo, uma festa para Janet!

À mesa do jantar da família naquela noite, eu fiquei de bico, sem nem mesmo falar com Janet, já que é claro que era culpa dela, não da mãe natureza!

Meu pai, que não era um homem de muitas palavras durante as refeições, soltou para Janet: "Então, soube que você se tornou mulher hoje" — e lhe deu um tapinha de "bom trabalho" nas costas.

Eu tive uma crise e comecei a chorar histericamente.

— Ah, meu Deus, vamos fazer disso um grande acontecimento à mesa do jantar?

Minha mãe lançou "o olhar" ao meu pai, enquanto Janet, obviamente envergonhada, ficou sentada de forma mal-humorada com a cabeça baixa. Meu irmão de 17 anos olhou em volta, botou o guardanapo na mesa de jantar e disse: "Ah, cara, eu vou dar o fora daqui" — e se mandou da sala. Seguindo a deixa, eu também saí indignada da mesa, enquanto minha mãe e meu pai ficaram lá brigando sobre o que era conversa apropriada para o jantar.

Janet continuou sentada ali, surpresa e completamente confusa.

Desnecessário dizer que Janet acabou descobrindo o que significava ficar menstruada e virou a especialista da casa.

VERÃO, 1981

Era o último dia do primeiro ano para mim e eu estava usando minha calça cargo amarela clara. Fui ao banheiro e, surpresa, havia uma mancha vermelha na minha calcinha! Eu finalmente ficara menstruada, ótimo — logo antes do verão e dos biquínis! Naturalmente eu havia vazado na minha calça amarela e fiquei esperando sentada no banheiro até que alguém que eu conhecesse entrasse e eu pudesse pedir ajuda.

Acabei tendo que cobrir o traseiro com meu fichário Mead de história.

Quando saltei do ônibus escolar na entrada da nossa casa e entrei pela porta da garagem, corri para dentro da cozinha e contei entusiasmadamente a novidade para minha mãe. Ela ficou feliz por eu ter tido o meu dia também e comentou:

— Que ótimo, meu amor, você devia conversar com a Janet sobre isso. Ela vai ajudá-la e lhe dizer o que fazer.

Como era humilhante ter que perguntar a minha irmã sobre o que fazer com a minha primeira menstruação!

Mal sabia eu como precisava de conselhos!

Subi as escadas e contei minha novidade para Janet. Ela foi bastante *blasé* a respeito e me disse para pegar um Tampax no banheiro. Com o absorvente na mão, voltei para o quarto de Janet e lhe perguntei, confusa:

— Está bem, o que faço com isso?

Ela olhou para mim como se eu fosse burra.

— Você só coloca dentro de você. É isso que você faz.

Olhei de volta para ela e repliquei com um olhar de ignorância:

— O negócio inteiro, é só colocar o negócio inteiro dentro de mim?

Janet respondeu:

— É, nossa!

COMO FAZER SUA IRMÃ MAIS VELHA SE SENTIR REALMENTE BURRA

Então eu entrei no banheiro e tirei minha calcinha, desembrulhei o Tampax e lentamente botei o negócio inteiro dentro de mim. O negócio inteiro — aplicador de papelão e tudo. Eu não sabia que havia algo como um aplicador; ninguém se dera ao trabalho de me contar essa parte. Não obstante, nem tudo estava dentro de mim, cerca de um quarto estava saindo e, como tenho certeza de que podem entender, isso não era muito confortável. Saí andando do banheiro e entrei no quarto de Janet, onde minha mãe havia se juntado a ela. Olhei para elas com indignação e exclamei:

— Acho que não fiz do jeito certo.

Tanto minha mãe quanto Janet olharam para mim e perguntaram:

— Por quê, o que você fez?

Eu respondi:

— Bem, eu coloquei tudo dentro de mim, com certeza. O negócio inteiro. Mas o papelão não é muito confortável.

Janet e minha mãe começaram a rir histericamente. Janet falou:

— Você fez o quê? Não é para botar o papelão dentro de você, aquilo é o aplicador que tem o absorvente dentro!

Eu ainda uso Tampax a maior parte do meu ciclo menstrual, mas de vez em quando prefiro um absorvente externo; há menos papelão.

— Nancy L. Caruso, Cardiff, CA

Nancy é escritora em meio expediente e consultora de recrutamento e seleção em período integral.

Na floresta, 1964

Meu maravilhoso mistério da vida começou no meu décimo verão. Sorte minha.

Eu estava na colônia de férias pela primeira vez na vida, e é claro que era quando isso tinha que começar, quando eu estava longe da minha mãe, das minhas amigas e até mesmo daquele *kit* engraçado com as cintas e absorventes de diferentes tamanhos e folhetinhos informativos que minha mãe havia guardado em uma gaveta para a minha irmã. Ela era mais velha, então naturalmente eles acharam que ia começar primeiro, mas ei, eu os enganei de novo. A única coisa positiva a respeito daquilo tudo foi saber o quanto minha irmã ficaria irritada por eu ter começado primeiro, como se houvesse algo que eu pudesse fazer a respeito.

E, é claro, essa era nossa primeira noite acampando na floresta — meninos e meninas juntos, para piorar —, e ela chegou no meio da noite com a barriga inchada, as cólicas e a sensação de que eu precisava fazer cocô, mas é claro que não tinha, porque a pressão vinha de outro lugar. Na verdade, foi assim que eu descobri. Achei que a vontade era tão grande que era muito importante me levantar e calçar minha sandália e tropeçar pelo campo espinhento até a casinha na escuridão total. É surpreendente que eu não tenha pisado em ninguém, mas por sorte não pisei. O banheiro tinha um negocinho minúsculo tipo uma lâmpada de emergência, com um zilhão de insetos em volta. Só me dava luz suficiente para ver a sujeira na minha calça, e eu não tinha a menor ideia do que fazer a respeito. Pelo menos eu sabia o que era, graças ao irritante filme *Girl to woman* que eles nos mostravam na escola todos os anos e à disposição da minha mãe em responder minhas perguntas.

Mas isso não me ajudou muito.

Finalmente botei um gigantesco bolo de papel higiênico dentro das calças e fiquei acordada a noite inteira para poder ficar voltando ao banheiro para trocar o papel. Minha calça jeans era desconfortável, mas pelo menos era escura o bastante para o sangue não aparecer. No entanto, eu não sabia o que faria com aquela calcinha. Estava completamente estragada. Pensei em enterrá-la na floresta, mas sabia que me sentiria muito idiota quando os ursos selvagens e leões da montanha e hienas a encontrassem e começassem a brigar por ela.

Felizmente, o acampamento terminou no dia seguinte e meus pais vieram para me levar para casa. Contei a minha mãe sobre os meus apuros e ela resolveu tudo. E quando chegamos em casa, logo comecei a usar as cintas e os absorventes do *kit* da minha irmã.

— Sharon Gerhard, Novato, CA

Depois de vinte anos como produtora de cinema, Sharon começou uma segunda carreira como escritora profissional. Ela escreveu e publicou ficção, artigos sobre cinema e viagens, poesia e roteiros. A história de sua mãe, Lola Gerhard, também está nesse livro.

Perda e ganho de responsabilidade, 1969

Minha primeira lembrança do meu grande dia é marcada pelos parabéns do meu pai por minha passagem para a vida adulta. Minha mãe havia lhe contado sobre a chegada da minha menstruação, assim como fizera em relação a minha irmã mais velha dois anos antes. Eu me lembrava da indignação da minha irmã por minha mãe precisar partilhar esse acontecimento com meu pai. No verão do meu 12º aniversário, eu estava experimentando a mesma sensação de ser exposta e ter mais responsabilidade. Mesmo assim, tinha muitos sentimentos positivos, porque minha mãe havia me preparado para essa chegada.

Apesar de ter se formado para ser bibliotecária, na época da minha primeira menstruação minha mãe era dona de casa. Durante minha infância, minha mãe praticava seus talentos de bibliotecária, tais como o amor pela leitura e a troca de informações com sua família e muitos de meus amigos. Ela deu a mim e a minha irmã montes de livros a respeito de menstruação, crescimento, sexualidade feminina e emoções anos antes do nosso grande dia. Muitas das nossas amigas vinham até nossa casa para conversar com minha mãe sobre seu grande dia e questões de crescimento. Minhas amigas se sentiam constrangidas discutindo esses tópicos com as próprias mães e sabiam que tínhamos muita informação sobre o assunto. Ela sempre lhes dizia para avisar suas mães de que estávamos tendo essa conversa, e que, se uma das mães achasse que essas informações não eram adequadas para a filha ouvir, deviam dizer a minha mãe. As mães das nossas amigas viam minha mãe como uma fonte confiável e carinhosa e não se importavam que ela tivesse essas conversas com suas filhas.

Ela nos contava histórias sobre como as mulheres negras se tornavam adultas durante a Depressão e antes disso, na Virgínia. Ela foi criada pela avó, que nasceu e foi criada em uma família africana escrava na Virgínia. Vovó era menina quando sua família foi alforriada. Minha mãe descrevia como as mulheres negras usavam toalhinhas naquela época porque não havia lenços higiênicos descartáveis disponíveis. As mulheres tinham que passar por um meticuloso processo para cuidar de si mesmas durante seus ciclos mensais. Minha mãe também nos contava histórias de sua avó a respeito de mulheres negras que ficaram menstruadas pela primeira vez na Virgínia durante a escravidão. Quando essas meninas tinham sua primeira menstruação, significava que agora eram capazes de ter filhos e amamentarem para seus senhores. Também significava que as mulheres jovens perdiam o controle sobre seus próprios corpos, seus sentimentos e seu futuro. Quando as jovens ficavam menstruadas, costumavam ser vendidas separadas da família porque haviam se tornado mais valiosas para seus donos. As meninas podiam ser vendidas ou alugadas para outras fazendas para serviços de reprodução ou amamentação. Com a chegada da primeira menstruação, muitas dessas jovens mulheres tinham relações inicialmente com seus senhores, membros da família dele ou outros escravos da fazenda antes de serem alugadas ou vendidas para outra fazenda.

Minha mãe sempre nos fez ter consciência de que, como meninas negras, nossa primeira menstruação era um dos acontecimentos mais significativos das nossas vidas. Agora estávamos aptas a ser mães e precisávamos nos tornar mais responsáveis pelos nossos corpos, nossos sentimentos e, de várias formas, nossos futuros.

No meu grande dia, quando meu pai chegou e me parabenizou, eu estava preparada em muitos níveis, apesar de não por um sentimento tão profundo de mudança pessoal. Quando papai me deu os parabéns, eu soube que não era mais a sua garotinha, mas uma jovem mulher. A sensação de despreocupação a respeito de mim mesma, do meu corpo e da minha vida havia acabado, e agora eu era responsável.

— Zannette Lewis, Richmond, VA

Zannette é consultora de compensação e diversidade e astróloga.

O período Ming, 1999

Há períodos da história mundial — épocas grandes, de expansão, importantíssimas e agitadas na existência humana — dos quais eu nunca vou me lembrar, mas, ainda assim, enquanto viver, não me esquecerei da dinastia Ming, pois foi ao som de seus soldados batendo espadas que me tornei mulher. Eu cursava o sétimo ano, tinha 13 anos, e estávamos assistindo a um filme sobre história chinesa. Enquanto os Ming expulsavam os mongóis, comecei a sentir essa dor absurda na parte de baixo do meu abdômen.

Estávamos todos sentados no chão da sala de aula para assistir ao filme e eu me lembro de tentar me deitar discretamente de barriga para baixo na esperança de que a dor passasse. Com o rosto no carpete áspero, tentei descobrir o que estava acontecendo comigo. Minhas opções eram: (1) apendicite e (2) minha menstruação. Enquanto os Ming reestruturavam os exames de serviço civil chineses, avaliei minhas opções. Se fosse apendicite, eu teria que ir para o hospital ou simplesmente morreria, e em nenhuma das duas instâncias precisaria voltar à escola. É claro que, se eu tivesse ficado menstruada, o assunto era outro — isso significava muito mais.

Antigamente, na época do ensino médio — pelo menos no meu ensino médio —, ficar menstruada era quase um esporte competitivo. Todo mundo sabia quem já tinha ficado; todo mundo mal podia esperar para se juntar às fileiras das mulheres maduras. Minha melhor amiga na época, que eu conhecia desde o maternal, havia ficado alguns meses antes, e eu me lembro de ficar sentada com inveja na minha sala de estar enquanto minha mãe a parabenizava e explicava a ela sobre o que é ser mulher, o que significava crescer e os pontos mais importantes do debate absorventes internos *versus* absorventes externos.

Fiquei muito entusiasmada, deitada ali no carpete, com a noção de que agora podia ser a minha vez. Acabei me segurando durante o filme inteiro, o que ainda acho que foi um feito e tanto — era um filme muito longo; aconteceu muita coisa na China do século XIV. Depois de uma ida ao banheiro das meninas e uma experiência angustiante com a máquina de absorventes, peguei o ônibus escolar para ir para casa, animada para contar a novidade para minha mãe. Eu esperava muito daquela conversa. Esperava que segredos fossem revelados, significados fossem expostos e que eu fosse emergir de certa forma mais próxima da minha mãe e de seu mundo adulto. Lembro-me de estar radiante enquanto ela me sentava em sua cama com um pacote de absorventes e começava uma versão parecida com a conversa que tivera com a minha amiga. Mas, cerca de cinco ou dez minutos depois, seu namorado chegou em casa do trabalho e entrou no quarto. Ela olhou para mim, me entregou o pacote e nada mais foi dito. Minha primeira menstruação continuou sendo um acontecimento partilhado apenas por mim e pelos Ming.

— Aliza Shvarts, Los Angeles, CA

Aliza Shvarts é recém-formada em inglês e artes por Yale. É artista conceitual cujos projetos exploram a filosofia da sexualidade e do corpo feminino (incluindo a menstruação).

O saque de Andy Roddick, 2003

Eu tinha 13 anos e estava no U.S. Open (tênis) em Nova York com um amigo e sua família (apenas homens). Estávamos fritando na trigésima fileira do Estádio Arthur Ashe quando senti algo estranho escorrer para fora de mim no meio do saque do Andy Roddick. Esperei na longa fila para usar o banheiro, o fluxo agora já estava mais parecido com um riacho de correnteza forte. Finalmente cheguei na cabine, onde descobri que estava jorrando sangue da minha você-sabe-o-quê. Eu me limpei, mas meu short havia adquirido uma mancha adorável e um tanto grande. Coloquei o programa do U.S. Open em volta do meu traseiro e fui até a pia, examinando os rostos das mulheres. Larguei o programa e uma senhora na pia ao lado de mim disse algo do tipo "Olá, querida, você sabia que tem sangue no seu short?". Depois de comprar um short novo na loja de presentes, fazer uma fralda provisória com papel higiênico e chorar como um bebê, voltei para o meu lugar. Fiz viagens frequentes ao banheiro para recarregar minha fralda, e *finalmente* fomos embora. É claro que meu amigo e sua família estavam morrendo de calor e acharam que uma rápida nadada no clube depois da viagem de uma hora de duração seria perfeito. Suando horrores e cruzando as pernas, observei meu amigo correr até o portão da piscina do clube... e o portão não abria. O clube estava fechado! ISSO! Quando cheguei em casa, não contei para a minha mãe até as coisas ficarem feias no meio da noite, quando ela me explicou que eu era normal e não estava à beira da morte.

— Jen Bashian, Los Angeles, CA

Jen é aluna da Universidade da Carolina do Sul. Insiste que sua história fica dez vezes melhor quando pode enfeitá-la com gestos e imitações e fazer caretas e ruídos. No fundo é uma atriz.

Uma menstruação invisível, 1981

Eu era um pouco nova para ficar menstruada — talvez 11 —, motivo pelo qual não haviam me falado sobre isso antes. Achei que havia perdido subitamente o controle do meu trato urinário. Não conseguia entender por que, a despeito de quantas vezes eu fosse ao banheiro, continuava vindo. Finalmente minha mãe viu minhas roupas manchadas (apesar das minhas tentativas desesperadas para segurar), me puxou de lado e me ensinou a usar um absorvente.

— S., Nova York, NY

S. é cega de nascença.

Ah, a "alegria" da menstruação!, 1987

Como muita gente da minha geração, a primeira vez que ouvi alguma coisa sobre menstruação foi quando li *Are you there, God? It's me, Margaret*. Eu estava só no terceiro ano, e era uma leitora voraz que já tinha passado por todos os livros do catálogo da Blume adequados para a idade, portanto não surpreende que eu não tenha entendido os fatos direito. O erro mais flagrante foi o fato de ter pensado que minha menstruação era algo que só me aconteceria uma vez na vida. Quando o sangramento parou, estava acabado para sempre, como o ponto no final de uma frase.

Meu engano foi esclarecido em uma tarde de verão dois anos depois. Minha mãe me levou ao outro lado da rua para a casa da minha melhor amiga, Adrienne, para assistir a um filme muito especial emprestado pela escola de ensino médio local. Era um tipo primitivo de infoentretenimento audiovisual que me ensinou tudo sobre a menarca e como ela me abriria as portas para *o maravilhoso mundo da idade adulta*. Lembro-me de uma trilha sonora de rock suave e de muitas cenas iluminadas por trás de meninas adolescentes de cabelos compridos sorrindo, gargalhando ou com olhar sonhador para longe, todas ostensivamente tomadas pela alegria da menstruação. Foi talvez a série de imagens mais tediosa já gravada em celuloide.

E, ainda assim, teve o efeito desejado na minha melhor amiga: Adrienne não podia esperar para comprar — eca! — absorventes internos. Mas eu estava mais cética. Absorventes internos estavam fora de questão, porque eu tinha medo de que de alguma forma eles pudessem se soltar do canal vaginal e flutuar por dentro do meu corpo até eu morrer de choque anafilático. Mais perturbadora era a descoberta de que ficar menstruada não era uma coisa de uma vez só afinal de contas e que eu tinha *décadas* de absorventes à minha frente. Mesmo na minha mente não formada e pré-feminista, isso parecia uma proposição injusta. Garotos têm "ereções" (pau duro!) e "poluções noturnas" (sonhos eróticos! Então era *isso* que estava acontecendo em *Then again, maybe I won't*, de Judy Blume). As garotas sangram por uma semana a cada período de vinte e oito a trinta dias até estarmos praticamente mortas? *Tão* injusto.

Mas não havia nada que eu pudesse fazer para deter a maré vermelha. Então, nos dois anos seguintes, fiquei de olho nas minhas calcinhas, esperando o sangue começar. No início eu estava tão paranoica em ser pega desprevenida que botava "absorventes de precaução" na minha mochila, inteligentemente disfarçados de alimentos perecíveis embrulhados em papel-alumínio. Mas, conforme os meses e os anos passavam, eu — de modo paradoxal — comecei a me preocupar menos com a chegada de surpresa da minha primeira menstruação. Talvez estivesse mais preocupada com assuntos que já estavam na cara, literalmente, na forma das que eu jurava serem as espinhas mais teimosas da história da puberdade.

Quando pedi licença para ir ao banheiro durante um pré-teste de álgebra em uma quarta-feira normal de inverno no sétimo ano, não imaginava que nada que fosse alterar a minha vida acontecesse dentro da cabine. Só queria um pouco de privacidade para poder me acalmar de um pânico que me deixou suada e embrulhou meu estômago quando percebi que havia estudado todas as fórmulas erradas. Mas, quando me sentei na privada e vi o borrão lamacento na minha calcinha, reconheci na mesma hora o que era. E dei um enorme suspiro de alívio.

Mas não fui tomada pelas alegrias da menstruação como as garotas hippies do filme, ah, isso não. Fiquei grata porque podia voltar para minha aula de matemática e — com um significativo levantar de sobrancelhas — explicar baixinho para o meu professor (homem) que eu tinha que ir à enfermaria imediatamente por causa de "motivos femininos". Minha mãe me pegaria na escola e me levaria ao McDonald's para um almoço comemorativo de mulher para mulher. E, quando eu chegasse em casa, seria capaz de estudar para o teste no qual de outra forma não teria passado. Talvez houvesse alguma coisa boa nesse negócio de menstruação, afinal de contas.

Certamente não foi a epifania mais brilhante ou uma que dominasse inteiramente o início da minha jornada pelo maravilhoso mundo da idade adulta. Mas pelo menos eu não tinha mais inveja dos meninos. Afinal, uma ereção nunca faria um cara se livrar de um teste de matemática.

— Megan McCafferty, Princeton, NJ

Megan é autora best-seller da série Jessica Darling.

O rubor, 2002

Desde que todas as meninas da minha turma no quarto ano foram expostas a uma enorme foto de uma vagina com um absorvente interno dentro, fiquei morrendo de medo de ficar menstruada. Essa também foi a aula em que eles nos mostraram como era um útero, usando massa de panqueca. Fiquei tão preocupada que cheguei a levantar a mão e perguntar se ainda ficaria menstruada se andasse de cabeça para baixo o resto da minha vida.

Não fiquei menstruada até dois anos depois. Eu estava em casa, o que foi bom. Só que a única pessoa que estava em casa era o meu pai. E meu pai é do tipo que fica vermelho. Ele não conversa sobre nada que tenha a ver com sexo, então eu tive que perguntar a ele onde a minha mãe guardava os absorventes. E ele não sabia, porque ela não usava absorventes externos — ela usava absorventes internos.

Pedi a ele para me explicar como os absorventes internos funcionavam, mas meu pai ficou tão constrangido que em vez disso me levou à farmácia e compramos um pacote de absorventes externos. Eu tinha treino de basquete logo em seguida e tivemos que ir juntos, já que ele era o meu treinador. A viagem de 45 minutos transcorreu em silêncio. Quando chegamos lá, eu soltei:

— É só a minha menstruação; não é nada demais!

E ele simplesmente ficou vermelho.

Quando, no meio do treino, comecei a vazar porque o absorvente estava encharcado, uma garota me ofereceu um absorvente interno, mas tive de lhe dizer que não sabia como usar e em vez disso fiz um daqueles absorventes improvisados com toalhas de papel. Se eu tivesse prestado mais atenção ao útero de massa de panqueca...

— Elli Foster, Lancaster, PA

Elli Foster é aluna do Franklin and Marshall College. Ela está entre os vinte melhores jogadores de squash *na divisão americana sub-20. Também adora cantar e dirigiu o coral de* gospel *de sua escola de ensino médio e um grupo* a cappella. *Ela pretende cantar como Freddie Mercury e Aretha Franklin.*

Salsicha com barbante, 1993

Minha história da primeira menstruação é bem sem graça. Eu tinha 12 anos e, quando descobri sua chegada, desci as escadas para alertar minha mãe. Ela estava limpando a caixa de areia do gato. Perguntou-me se eu tinha certeza de que havia mesmo começado a menstruar. Eu detestava a palavra "menstruar", e pensei em mentir a respeito e voltar para o meu quarto só para evitar ouvir ou usar a palavra novamente, mas, em vez disso, falei que tinha certeza. Depois de ser submetida a incontáveis horas de apresentações "só para meninas" feitas pela enfermeira da escola enquanto explicava a mudança "especial" pela qual nossos corpos passariam, eu estava bastante confiante de que estava passando pelo "processo mágico" que a enfermeira Joan havia descrito em detalhes enquanto os meninos da minha sala continuavam jogando bola. Minha mãe terminou a tarefa de botar com uma pá grandes pedaços de cocô dentro de um saco plástico, limpou as mãos e declarou que precisávamos comemorar. Afora o breve trauma de ter que aguentar o brinde com Coca-Cola da minha mãe em homenagem à minha passagem para a idade adulta enquanto jantávamos macarrão gratinado, o acontecimento passou sem grandes incidentes.

Muito mais notável foi quando eu soube da existência de absorventes internos. Eu tinha 4 anos e havia desenvolvido o hábito de me sentar do lado de fora do banheiro do segundo andar enquanto minha mãe fazia sua higiene, preparando-se para o dia. Enrolada em uma bola, aninhada no canto, eu a observava andar do chuveiro para o armário e depois para a pia. Fui criada em uma casa de gente nua. A porta do banheiro estava sempre aberta e nós éramos levadas despidas de e para o chuveiro regularmente. Ainda que essa dinâmica particular da minha família fosse levar a momentos de intenso constrangimento na adolescência (a propensão da minha mãe a lavar louça despida, por exemplo, foi fonte de tremenda vergonha secreta durante todo o meu ensino médio), quando criança eu adorava a oportunidade de observar em silêncio minha mãe em seu ritual matinal. Enquanto ficava sentada, sem ser observada, no meu canto, também via minha mãe usar a privada.

Tirando o prazer infantil que sentia em ouvir urina batendo na superfície da água da privada e a infinita hilaridade inerente ao som suave de puns, a rotina da minha mãe me era tão cara porque representava a completa intimidade do nosso relacionamento. Eu sabia como seus pés descalços soavam quando atravessavam o chão de azulejos; sabia exatamente onde sua pele exposta ao sol e cheia de sardas dava lugar à palidez lisinha; eu sabia como sua pele macia se dobrava por cima da cicatriz que dividia seu abdômen em dois. Eu a conhecia completamente e a amava.

Na minha noção infantil de tempo, parecia que eu havia passado a vida inteira empoleirada naquele lance de escada olhando minha mãe. Foi a ruptura dessa eternidade familiar que tornou tudo mais chocante quando, um dia, eu a vi fazer algo que ela nunca fizera. Entre passar hidratante nas pernas e secar o cabelo com secador, minha mãe fez uma pausa, pôs o pé direito em cima do assento da privada, botou a mão entre as pernas e removeu uma salsicha com um barbante. Meus olhos se arregalaram e eu observava a salsicha balançar de um fio curto enquanto minha mãe a embrulhava em papel higiênico e a colocava na bancada. Eu engasguei involuntariamente, pois fui tomada pela sensação de que havia testemunhado algo que não deveria. Na minha lembrança, eu nunca vira minha mãe fazer nada assim, então isso abria um mundo de perguntas. Por que minha mãe guardava salsichas dentro da vagina? Ela sempre tinha uma ali dentro? Podia guardar mais de uma? Por que ela a tinha tirado? O que faria com ela agora? Outras mulheres guardavam salsichas na vagina? Por que essa salsicha tinha um barbante? Eu estava distraída demais com minhas próprias perguntas para perceber minha mãe enfiando um absorvente interno limpo e branco momentos depois. Em vez disso, meu cérebro de 4 anos foi tomado pela enorme quantidade de perguntas que o mistério da salsicha havia apresentado. Um misto de confusão e vergonha me expulsou da minha toca de observação para o meu quarto. A sensação de confusão e vergonha só aumentou conforme mais e mais perguntas me ocorriam, e fiquei cada vez mais resolvida a não pedir as respostas a minha mãe.

Não era a possibilidade da minha mãe poder esconder ocasionalmente comida em suas partes íntimas que me abalou. Salsichas eram onipresentes na minha infância. Até onde eu podia ver, eram usadas para tudo, desde acompanhamento de carne para macarrão com queijo até olhos e narizes em 3-D no homem de neve de papel que fizemos no período de trabalhos manuais na creche. Era completamente concebível que também pudessem ter alguma serventia na vagina, apesar de eu não fazer muita ideia da utilidade que uma salsicha ou uma vagina pudessem ter.

Da mesma forma, o conceito de colocar objetos estranhos nos orifícios do corpo não me era desconhecido, já que tinha um amigo que adorava botar bolas de gude dentro do nariz. A fonte da minha apreensão e o motivo pelo qual fiquei tão abalada foi o fato de minha mãe ter revelado inadvertidamente que havia algo que eu não sabia sobre ela. Apesar de minhas observações cuidadosas e regulares, minha mãe guardava um segredo de mim. Eu a ouvira dúzias de vezes suspirar e gemer satisfeita depois de uma evacuação, mas nunca vira isso.

Era sem dúvida um mistério que deveria continuar sendo um mistério, e eu violara um limite ao testemunhá-lo.

Minha sensação de constrangimento, culpa e curiosidade continuaram durante o dia inteiro. Pensei em investigar os armários, as gavetas e a lixeira do banheiro a fim de aplacar as perguntas que insistiam em pedir respostas, mas a vaga sensação de que um tabu havia sido quebrado me impediu de fazer isso. O que eu faria se encontrasse a salsicha dela? O que significaria? Será que eu queria ver? Tocar nela? Não.

Havia incertezas demais e eu estava tentando recuperar a estabilidade e o bem-estar que sempre associara à minha mãe. Qualquer mistério que eu tivesse vislumbrado não deveria ser explorado ou investigado mais a fundo.

Meu terror de ter deparado casualmente com um ritual sagrado e secreto acabou se aplacando. Dois dias depois, eu havia quase esquecido o que havia acontecido à medida que alegrias do verão me atraíram do patamar no segundo andar para o quintal. Alguns anos depois, soube o que eram absorventes internos e, alguns anos depois disso, aprendi a usá-los. Durante todo esse tempo, a história da salsicha com barbante ficou na minha memória, mas nunca contei a ninguém.

A situação que eu havia acreditado ser cheia de tabu e mistério era, de várias maneiras, comum e benigna. Eu não havia perturbado a matéria do universo e não era uma intrusa acidental. Ao mesmo tempo, naquele dia, sentada naquele patamar, fiz parte de um rito sagrado — só que não o mesmo que a minha imaginação fértil havia criado. Naquele dia, aprendi que minha mãe era mais do que eu sabia que era. Dentro dela havia mistérios que nenhum número de portas de banheiro abertas ou lavagem de louça despida jamais revelariam. E então, anos antes de eu enfrentar o rito de passagem da minha primeira menstruação, vivenciei um rito diferente. A descoberta da menstruação da minha mãe a revelou como uma mulher inteira e complexa para mim. Nesse sentido, a salsicha com barbante se provou tão sagrada e misteriosa quanto eu havia pensado no início.

— Ellen Devine, Wallingford, CT

Ellen é escritora e professora de inglês em Choate Rosemary Hall. Se pudesse reviver sua primeira menstruação, ela faria com que sua mãe estivesse fazendo outra coisa em vez de remover cocô de gato com uma pá.

Período do presidente Mao, 1967

Durante a Revolução Cultural na China, papel higiênico — do tipo que vem em rolos — era extremamente racionado. Isso na verdade era discriminação contra o fato de se ter meninas. Minha família — com três meninas — costumava lidar com isso pegando o papel marrom mais áspero, cuja oferta era maior, e cortando-o em tiras para uso diário no banheiro, a fim de guardar o papel higiênico para nós quando estávamos menstruadas. Como eu era a filha do meio, sabia o que esperar. Mas ainda estava ansiosa, porque sabia que a chegada da minha menstruação seria um fardo para o nosso suprimento de papel higiênico.

Na época, ficar menstruada ainda era algo para se manter totalmente em segredo. No dia em que a minha menstruação chegou, minha família e eu estávamos escaladas para fazer nosso trabalho braçal em um parque local. Devíamos plantar, fazer paisagismo e limpar. Meus pais se ofereceram para escrever um bilhete para eu faltar ao trabalho, mas insisti em ir. Eu tinha certeza absoluta de que um bilhete desse tipo iria na mesma hora expor o que estava acontecendo.

— Xiao Ling Ma, Nanquim, China

Xiao Ling Ma imigrou para os Estados Unidos com sua família após o massacre da praça da Paz Celestial.

RS{.}, 2005

Glittergrrrl007 (Lauren): Oi zoe!
Bananab0at (Eu): .
Glittergrrrl007: ???
Bananab0at: •
Glittergrrrl007: Não entendi...
Bananab0at: → ●
Glittergrrrl007: grande ponto vermelho...
Bananab0at: O que é isso?
Glittergrrrl007: OMG, você ficou menstruada????
Bananab0at: É, estou p da vida
Glittergrrrl007: Junte-se ao resto
Bananab0at: Os garotos têm taaaaanta sorte por não ficarem menstruados
Glittergrrrl007: É, mas vc sabe o q acontece qdo um cara vê uma garota gostosa
Bananab0at: RS
Glittergrrrl007: RS
Bananab0at: Bem, faltam só mais 40 anos!!
Glittergrrrl007: é, RS
Bananab0at: Bem, tenho q ir, até +, querida
Glittergrrrl007: ok, tchau!

— Zoe Kauder Nalebuff, New Haven, CT

Zoe é aluna do ensino médio cujos interesses incluem taxidermia e escultura. Seu primeiro pensamento depois de ficar menstruada não foi onde poderia encontrar um absorvente, mas que teria que escrever a história para sua irmã mais velha.

Sangue nos trilhos, 1972

Minha primeira menstruação foi ao mesmo tempo uma coisa boa e ruim. Mesmo aos 11 anos, minha melhor amiga era rechonchuda e curvilínea o suficiente para que os garotos na vizinhança ficassem comendo seus seios com os olhos. No meu corpo esguio de garotinha, eu me sentia magricela e insignificante em comparação ao dela. Aí, quando ela se vangloriou por ter ficado menstruada aos 12, fiquei com mais inveja ainda. Na privacidade do meu banheiro, eu olhava para meu peito branco e achatado e ficava imaginando quando — e se — todas aquelas coisas misteriosas e femininas aconteceriam comigo.

No verão antes de eu fazer 14 anos, minha amiga e eu fomos surpreendidas por uma tempestade enquanto andávamos pelas ruas de tijolos do meu bairro em Pittsburgh. Naquela tarde, nossas diferenças desapareceram enquanto chapinhávamos pela água suja da chuva como criancinhas. Estávamos nos divertindo tanto, duas garotas enlameadas, rindo e arremessando lama e água uma na outra! Mas, porque eu tinha 13 anos, também fiquei com medo de que algum conhecido nos visse agindo de forma tão infantil. Quando cheguei em casa e tirei meu short e minha calcinha enlameados, percebi uma mancha que não era de lama. Fiquei aliviada em ver que enfim havia ficado menstruada. Mas também fiquei triste por perceber que algum dia em breve eu não teria mais interesse em brincar em poças de lama. Eu agora tinha que me preocupar com absorventes higiênicos e com aqueles instrumentos torturantes que os mantinham no lugar e se conseguiria ir nadar ou até mesmo chapinhar em poças.

Ficar menstruada se tornou muito mais confortável depois que comecei a usar absorventes internos. E mais recentemente, já adulta, descobri mais um uso para esses produtos. Para o aniversário de 40 anos do meu marido, eu o levei a um show do Bob Dylan. Tínhamos ótimos lugares, mas a música estava alta demais. Eu revirei a minha bolsa, procurando lenços de papel para tapar meus ouvidos. Sem sorte. Mas ali, no fundo da bolsa, estavam dois pequenos e compactos OBs. Que se dane, pensei. Está escuro e eu tenho cabelo comprido. Sim, eu tapei meus ouvidos com absorventes internos. E sim, eu ouvi o resto do show com um produto de higiene íntima nas orelhas. Até hoje tenho dificuldade em ouvir *Blood on the tracks* sem rir.

— Patricia E. Boyd, Pittsburgh, PA

Patty é editora freelancer e atacante de futebol de fim de semana. Ela vive com o marido e dois filhos. Acredita que devemos aos nossos ouvidos a mesma proteção que devemos às nossas calcinhas e portanto recomenda usar absorventes internos como tampões de ouvido.

Borrões de tinta e manchas de leite, 1987

Quando se trata da infância, a minha infância, é difícil — até mesmo impossível — delimitar as fronteiras entre o que realmente aconteceu, o que sonhei, o que imaginei, o que foi lido, o que escrevi. Tudo o que a minha memória pode fazer é tentar costurar algumas das imagens que a assombram, colocar palavras nesse espaço inefável onde a ficção se encontra com a não ficção, esse lugar também conhecido como vida.

Eu levei um tiro!, gritei, mais para mim mesma do que em voz alta. Quando acordei uma manhã na bicama da minha adolescência, percebi que minha camiseta e calça de moletom cinza estavam molhadas com manchas escuras aleatórias, como se crivadas de balas. Eu havia sonhado que era Joana D'Arc com a cabeça raspada prestes a ser morta, só que eles me deram várias opções. Escolhi pelotão de fuzilamento em vez de guilhotina. Não a cabeça; por favor, cavalheiros, qualquer coisa menos a cabeça.

Após alguns segundos de coração acelerado e pânico delirante, eu encontrei o culpado. Havia uma caneta de ponta de feltro na minha cama, sem a tampa, e eu devo ter adormecido no meio da minha anotação no diário, rolado com ela em alguma dança contorcida, fazendo uma bagunça durante a noite — a tinta se espalhando pelo papel, pelas minhas roupas. Os lençóis até mostravam sinais dos ferimentos da tinta esparramada.

Durante o ritual de pilhas de panquecas no sábado, ninguém percebeu a tinta preta na minha boca.

— Andei comendo tinta — expliquei a eles mesmo assim.

Um gostinho do que estava por vir.

Oitavo ano, tempo emaranhado de muitas tentativas. Caí das escadas nos meus saltos altos cinza, agarrando minha pilha de livros escolares contra meu peito sempre côncavo. Usei uma minissaia um dia para atrair a atenção do David, minha paixonite desde o segundo ano. Só que estava frio e eu fiquei azul de tão arrepiada e ele riu da textura espinhosa das minhas pernas. Outro dia eu estava branca, toda branca. Estava usando uma saia branca até o tornozelo, sandálias brancas, camisa social branca. Tanto melhor para ver manchas, ao que parecia.

— Você tem achocolatado ou alguma coisa do gênero na parte de trás da sua saia — disse alguém na saída do refeitório. Faz sentido, devo ter sentado em cima de um respingo. Minha inclinação prática foi simplesmente rodar a saia, de trás para a frente, e deixar a mancha ficar onde eu pelo menos podia ficar de olho nela e tentar protegê-la nas pregas do meu colo.

No segundo em que eu pisava no jardim na frente da minha casa, eu sempre tinha que correr para o banheiro, a simples visão condicionada da grama ativando a necessidade de fazer xixi. Corri para o banheiro com azulejos amarelo-urina que eu e meu irmão dividíamos e puxei a calcinha até os joelhos. No meio do xixi, percebi uma crosta cor de ferrugem na faixa central da minha calcinha. Não era chocolate. Acho que eu sabia o que era, era impossível não saber, e ainda assim alguma confusão opcional, talvez, e subitamente uma necessidade de...

— Mãe! Rápido! Venha cá!

— O que você quer? Estou tentando fazer o jantar. — Veio a resposta do duto de ventilação da estufa. Ensopado de atum: ela levaria horas fazendo isso.

— Por favor! Eu preciso de ajuda! — Esperando que um tom de urgência fosse compeli-la para longe de uma panela borbulhante de macarrão.

— Qual é o problema?

— Há algo na minha calcinha!

Em minutos, um barulho de sucção enquanto ela respirava fundo no espaço que aumentava entre a porta e o batente. Ela parecia assustada, o que me assustou.

— A Praga; acho que chegou — sussurrou ela na direção da minha calcinha lamacenta.

— O que isso quer dizer?

— Quer dizer... quer dizer... que eu... eu vou levá-la para furar as orelhas. — Um tapinha nas costas com sua mão hesitante. — Bote isso de molho na pia com água morna.

— Furar minhas orelhas?

— É, bem, foi o que a minha mãe fez comigo quando começou meu ciclo menstrual.

— Meu ciclo... o quê...?

Ciclo menstrual. O fim de uma sentença. Devo estar morrendo, pensei. Morte por ciclos.

Não, isso não é verdade, não aconteceu assim, não é? Havia educação sexual, havia livros com os termos, havia uma mãe e a mãe de uma mãe que devem ter pelo menos fornecido alguma pista subliminar sobre a transformação em mulheres. E eu não fiquei entusiasmada? Finalmente, minhas orelhas estavam furadas, eu havia escolhido meu primeiro par de brincos havia anos, apesar de eles terem saído de moda desde então. Havia aquela palavra no livro, *menarca*, que me lembrava as *monarcas*, aquelas borboletas que voavam como confete por cima da plantação de framboesas. E havia outras que sangravam. Eu finalmente me juntaria às suas fileiras. Essas mulheres seguras de si desde que nasceram, com seus namorados instantâneos. Era uma progressão em direção ao romance e à maternidade, maturidade e morte, e eu devo ter ficado entusiasmada, por mais assustada que estivesse.

Minha melhor amiga, Brigit, e mamãe se reuniram do lado de fora da porta do banheiro do porão, onde eu lutava com essa estranha rolha embrulhada em papelão.

— Apoie a perna em cima do vaso — aconselharam elas.

— Não consigo — gritei de volta.

— Consegue sim! — estimularam elas. — É só relaxar.

Mas minhas mãos estavam agitadas. O tamanho extragrande que minha mãe usava me deixou perplexa. Era um pouco constrangedor, deflorar-se assim em cima da privada. Absorventes internos iam ter que esperar.

Papai podia medir a envergadura das asas de uma águia americana voando a um quilômetro e meio de altura, mas não percebeu — nós dois fingimos não perceber — o absorvente maxi encharcado que caiu da perna frouxa da minha calça e aterrissou entre os nossos pés no gramado. Nós dois olhamos para cima como se para culpar o céu por nosso constrangimento, essa verdade velada se evidenciando na grama. E, quando eu tentei chutá-lo para a pilha de folhas, o adesivo não permitiu.

Menarca, bela palavra para uma época difícil, mas ainda assim eu continuo voltando, escrevendo-a sempre que escrevo algo maior, em todo romance alguma cena na qual eu sangro, ela sangra, este personagem sangra. Eu invento de novo, escrevo de uma maneira diferente, enfeito, minto, e tudo no interesse de contar a verdade.

— Krista Madsen, Brooklyn, NY.

Krista é a autora dos romances Degas must have loved a dancer *e* Four corners, *mãe de Kaia e a fundadora de uma casa de vinhos no Brooklyn chamada Stain, que em português significa Mancha (que apropriado!).*

Glamourosa, mas não por muito tempo, 1981

Na época em que estava no quinto ano (1980), eu havia lido cada livro de Judy Blume em que consegui botar as mãos — incluindo o famoso *Forever...*, que me ensinou a respeito de ejaculação precoce e Ralph, o pênis do primeiro namorado da protagonista. Mas o livro de Blume mais importante para mim (porque refletia mais o momento que eu estava vivendo) não foi *Forever...*, nem *Tales of a fourth grade nothing*, mas *Are you there, God? It's me, Margaret*. A cena do "Ralph" em *Margaret* tinha a ver com ficar menstruada — e eu estava obcecada com isso. No sexto ano, eu treinava usar absorventes pequenos, roubados do estoque da minha mãe, na minha calcinha, e toda vez que sentia dor de estômago, eu perguntava aos meus pais se podia ser cólica. "Pode ser", diziam eles em tom zeloso, pensando que eu estava nervosa com o acontecimento. Na verdade, era justamente o contrário — eu queria que acontecesse o mais rápido possível. Acho que era equivalente a ser adulta, o que eu pensava ser glamouroso (eu já estava lendo *Forever...* e, tirando as Barbies, estava cansada das brincadeiras de criança) e também poderoso — já que ser criança é ser dependente.

Finalmente fiquei menstruada no sexto ano. Eu estava na escola quando fui ao banheiro durante a aula de ciências do sexto período e vi um borrão de sangue amarronzado.

Fiquei um pouco surpresa pelo sangue não ser vermelho vivo, mas, tirando isso, só senti entusiasmo. Fui andando para casa, treinando como anunciaria para a minha mãe. Lembro-me de quase ser atropelada ao atravessar a rua; eu estava em um devaneio orgulhosíssimo enquanto ia para casa! Irrompi porta adentro, encontrei minha mãe no escritório e disse "Fiquei menstruada hoje" de uma forma indiferente.

Minha irmã mais velha havia ficado menstruada apenas alguns meses antes e eu me sentia superior (ou pelo menos igual) pela minha ter vindo quando eu era mais jovem, já que acreditava que o momento da primeira menstruação de alguma maneira se relacionava ao momento da nossa vida glamourosa de adulto. Meu pai chegou em casa e então mamãe também contou a ele — ou talvez tenha sugerido que eu contasse a ele. De qualquer modo, foi um pouco constrangedor, mas concordei que ele devia saber da grande novidade.

O segundo dia da minha primeira menstruação também foi emocionante, pois contei para todas as minhas amigas. Mas depois disso não posso dizer que tenha gostado de ficar menstruada, a não ser que estivesse preocupada em estar grávida. Depois que passei pelo marco da vida adulta, minha menstruação se revelou cheia de tarefas tediosas. Menstruar todos os meses, quando o forro de sangue do meu útero sai do meu corpo ao longo de vários dias não é horrível, mas é trabalho extra e preparação, e às vezes uma calcinha ou um lençol estragados. Fico sempre bastante aliviada quando acaba... apesar de imaginar se ficarei aliviada quando de fato acabar. Existe algum livro da Judy Blume que torne a menopausa glamourosa?

— Jennifer Baumgardner, Nova York, NY

Jennifer é a autora de Look both ways: bisexual politics *e* Abortion & life, *assim como coautora de* Manifesta *e* Grassroots. *Produziu o documentário* I had an abortion *e atualmente trabalha em um projeto multimídia de conscientização sobre o estupro chamado* I was raped. *Mora no Brooklyn com seu filho, Skuli.*

Sei que você não está aí, Deus. Sou eu, Kate, 1990

Quero fazer uma viagem para um lugarzinho que conheço, um lugar cheio de aparelhos ortodônticos, cabelos exuberantes de *shopping* e a necessidade inexplicável de usar bermuda de ciclista em cores fosforescentes. Um lugar chamado Adolescência (aqui, por volta de 1988-1992). É nessa época muito feia que muitas de nós vivenciam pela primeira vez a mais estranha das funções biológicas. As Regras. Para mim e várias das minhas amigas, também foi nessa época que descobrimos o abismo cavernoso entre a vida como as pessoas dizem que é e a vida como ela de fato é. Há muitas pessoas para culpar por isso, mas na minha experiência, os realizadores dos filmes de educação sexual e Judy Blume são os principais criminosos.

Começando no quarto ano, fui obrigada a assistir a um desfile ainda mais ridículo de filmes. O primeiro era estrelado por Marilla Cuthbert, de *Anne of Green Gables*, que representava uma fazendeira cuja égua estava grávida. No curso do filme, a égua fica maior e mais mal-humorada e acaba dando à luz um potrinho, momento no qual todo mundo faz *ooohs* e *aaahs* com o Milagre da Vida e toca música de flauta. As crianças aleatórias do filme perguntam a Marilla/Moça Fazendeira a respeito da gravidez da égua e ela responde com uma linguagem não ameaçadora e ainda assim anatomicamente correta. Ficamos todas bastante entediadas, tendo vindo para a aula preparadas para pornô barra-pesada (por que outro motivo eles fariam nossos pais assinarem formulários de consentimento?). Depois disso, a vida continuou mais ou menos igual a antes, o que quer dizer, confortavelmente abstrata. No ano seguinte, porém, as coisas começaram a ficar esquisitas. Dessa vez, eram filmes do começo dos anos 1970 apresentando as pessoas mais horrendamente feias que o diretor de elenco pôde encontrar, provavelmente numa tentativa, tipo série televisiva sobre adolescentes, de fazer com que nos identificássemos. O primeiro mostrava um menino que estava tendo alguns problemas com masturbação. (Mastur-o-quê? Marilla, por que me abandonaste?). Esse cavalheiro vestido de veludo, a quem vamos chamar de Luke, vivia com medo de ter cabelos nas palmas das mãos, ficar cego etc., e, em uma cena digna do Oscar, tinha que lavar secretamente seus lençóis no meio da noite depois de um "acidente". O valor de entretenimento é inigualável e a mensagem é boa: você não é uma aberração, não acredite nos seus amigos e pense em investir em lençóis emborrachados. Tudo bem. O último filme, porém, foi o que teve mais ressonância. Envolvia uma garota, a quem vamos chamar de Amy, que era o protótipo de garota bem-ajustada. Ela estava superorgulhosa de seus "novos seios" (uma citação verdadeira que esteve comigo nos últimos 15 anos) e usava suéteres justos de gola rulê laranja em todos os lugares a fim de exibi-los. Um dia ela fica menstruada, para seu grande deleite, e isso completa sua jornada para a Maturidade. O narrador também parece muito feliz por ela, tagarelando sobre como ela ficou muito mais atraente para os meninos e como é genial ser mulher. A abordagem "É, a puberdade é meio nojenta e sinistra, mas você vai acabar achando engraçado" sumiu. Agora é tudo sobre como se exibir em uma gola rulê laranja no baile do sétimo ano. Não sei bem por que as garotas deviam aceitar com maturidade, sem nem um pio, a súbita condição de objetos sexuais.

Isso me leva ao romance de Judy Blume *Are you there, God? It's me, Margaret*. Se vocês não leram, é sobre uma garota chamada (adivinhem?) Margaret que deseja ardentemente ficar menstruada e chega a ponto de usar uma cinta e um absorvente por aí para estar preparada quando o Dia D finalmente chegar. Ela é um pouco como aqueles profetas do Dia do Juízo Final que usam placas de homem-sanduíche. De qualquer modo, ela enfim tem sua maldita menstruação e de repente amadurece e fica satisfeita e mais alguma coisa do gênero. É a Amy de novo, *sem* a gola rulê (apesar da Margaret desinformadamente fabricar uns "seios novos" com bolas de algodão em um episódio anterior, mas estou me desviando do assunto). É como se essas garotas tivessem lido Os Segredos da Idade Adulta de Calcinhas, adivinhando seu significado, e depois se tornassem inabalavelmente indiferentes. Tudo bem, tudo certo, mas se a minha vida é minimamente típica, isso é uma mentira nojenta.

Comparar a Kate adolescente com Amy e Margaret é sem dúvida um exercício desanimador. Nessa história de mulheres desabrochando, a Kate de 12 anos acorda no dia de seu campeonato de futebol para descobrir que algo está muito, muito errado. A Kate chora e tem que jogar O Grande Jogo usando o que é essencialmente uma fralda e não conta para ninguém durante um ano, incluindo sua melhor amiga, na esperança de que aquilo volte para o lugar de onde veio e que o placar seja zerado. Kate está convencidíssima de que ela é uma aberração da natureza, já que todas as suas amigas também adotaram o código do silêncio. Onde está minha luminosidade resplandecente de feminilidade? Onde estão o orgulho e a confiança discreta? Em lugar nenhum.

Nos anos que se seguiram, eu soube que nenhuma das minhas amigas havia conseguido receber a ocasião importante com nada além de pânico e horror. Mais de uma presumiu que havia sofrido uma crise de incontinência quando ficara menstruada pela primeira vez, enquanto outras fizeram tentativas frustradas de fabricar absorventes com lenços de papel a fim de evitar ter que pedir ajuda a alguém. Acho que não poderíamos ter acreditado em Amy e Margaret mesmo se quiséssemos. Ao contrário do Luke, qualquer insegurança ou medo que elas possam ter tido nunca foram discutidos. Tenho certeza de que os realizadores dos filmes e Judy só tinham a melhor das intenções, mas também estavam trabalhando sob o paradigma do começo dos anos 1970/cabelos ao vento/Helen

Reddy/Mulher Essencial, que simplesmente não colava nos condomínios de subúrbio de 1989. Ser confrontada com a prova da própria feminilidade em uma cultura misógina é uma coisa muito assustadora.

— Kate Zieman, Toronto, Canadá

Kate é acadêmica "em recuperação," bibliotecária e cofundadora do veículo independente de imprensa gay Homosaywhat? *Ela acha que a primeira menstruação seria mais fácil se a víssemos como um dos muitos passos em direção à vida adulta em vez de uma feminilidade automática.*

A praga, 1939

Eu tinha 11 anos quando tive "A Praga" pela primeira vez, que era a gíria para o período menstrual em 1939. Eu sei, eu sei, acontece com todas as garotas em algum momento de sua juventude. A diferença era o meu ambiente. Eu morava em um orfanato, que na verdade era uma instituição para meninos e meninas cujos pais não podiam tomar conta dos filhos e trabalhar ao mesmo tempo, especialmente durante a Grande Depressão. Havia 125 crianças alojadas em seis prédios, uma mistura de meninos e meninas. Minha primeira menstruação chegou quando eu estava à mesa do jantar. Eu não fazia ideia do que estava acontecendo. Lá estava eu, sentada à mesa, como sempre, mas havia algo molhado escorrendo pela minha perna. Primeiro pensei que uma das outras crianças havia derramado leite. Não. Não era isso. Olhei debaixo da mesa e ali, perto da minha cadeira, estava uma pequena poça de sangue. O que estava acontecendo? O que eu faria agora? Devíamos pedir permissão para deixar a mesa; eu só me levantei e corri para o banheiro. Fui para o andar de cima, arranquei minha calcinha, sapatos e meias, todos cobertos de sangue. De onde vinha o sangue? E como?

Finalmente o jantar acabou e a governanta, sra. Riggs, subiu e me salvou. Ela me levou para seus aposentos, me ajudou a me limpar e me entregou uma coisa retangular de algodão coberta de gaze. O que eu deveria fazer com aquele esparadrapo grande? Ela também me entregou um cinto estreito de elástico rosa que tinha dois ganchos de metal equidistantes. E agora? Ela me disse para esperar por isso uma vez por mês. Isso foi a educação sexual. Disseram-me para conversar com minha mãe a respeito em sua próxima visita. Nesse meio-tempo, a sra. Riggs escreveu um bilhete de explicação para ela. Mas outras coisas estavam por vir. Sempre que eu precisava de mais absorventes, tinha que pedir à sra. Riggs e ela me dava quatro ou cinco de cada vez. Eu usava mais do que isso todo mês. Parte do motivo para essa penúria era que tínhamos muito pouco espaço para guardar nossas coisas. Mas, na maior parte, era para manter em segredo das outras meninas da casa que ainda não haviam sido "iniciadas". Ah, é! Não devíamos falar com nenhuma das outras garotas a respeito daquilo. Tínhamos que manter como um "Grande segredo! Grande surpresa!".

— Lola Gerhard, San Francisco, CA

Lola e sua irmã mais nova foram morar em um orfanato depois que seus pais se divorciaram. Ela passou a Depressão e a Segunda Guerra Mundial lá, junto com mais de cem outras crianças. É casada há 55 anos e tem quatro filhos, e uma é colaboradora deste livro, Sharon Gerhard.

O vaso simples: parte I, 1997

A coisa toda exigia, pelo menos do meu ponto de vista, uma série de reajustes. Por exemplo, minhas amigas e eu queríamos há muito tempo fazer uma comemoração especial para a minha filha quando ela tivesse sua primeira menstruação. Havíamos articulado algumas ideias adoráveis a respeito das mulheres, da lua e das marés, e começamos a discutir a cerimônia quando a Rebecca nasceu. Mas, conforme a data se aproximava, tornou-se inevitavelmente evidente que a última coisa que uma menina de 13 anos ia querer era ter que partilhar esse acontecimento com um bando de amigas de meia-idade da mãe. Talvez em tese, em algumas outras culturas, em alguma outra época, mas não na Hamden, Connecticut, da vida real, no final do século XX. O que eu estava pensando?

Ou, de novo, houve o dia em que tentei conversar com Rebecca sobre absorventes e ela me mostrou o kit que haviam distribuído na escola fazia muito tempo, me olhando como se eu fosse um caso completamente perdido. Em retrospecto, acho que na realidade eu podia estar tentando inconscientemente não ser deixada para trás. Mas na verdade eu não tinha a menor chance. Foi uma das grandes lições da vida.

E houve até mesmo o dia, anos antes, quando uma discussão sobre aborto se desenrolou no rádio do carro e Rebecca, aos 5 ou 6 anos, exigiu uma explicação do termo. Seu horror diante da ideia de que a gente podia impedir um bebê de crescer dentro da mamãe foi causticante e absolutamente pessoal, já que, é claro, era com o bebê que ela se identificava e não com a mãe. Aprendi naquele dia a nunca presumir o que outra mulher pensaria a respeito do corpo feminino e do processo reprodutivo — mesmo que fosse uma menina de 6 anos.

Ela provavelmente sabia que, quando o evento ocorresse, eu ficaria toda orgulhosa e entusiasmada, porque seu anúncio foi excessivamente natural. Rebecca entrou no carro e esperou que eu dirigisse a metade do caminho para casa antes de anunciar por acaso que havia ficado menstruada na escola aquele dia. Mas então, depois de apenas algumas palavras de alegria, surpreendi a mim mesma, assim como a minha filha, ao virar para o estacionamento de uma floricultura pela qual havíamos passado. Radiante, e para grande constrangimento dela, escolhi o primeiro vaso com aparência apropriada disponível, pedi que o enchessem com uma dúzia de rosas vermelhas e o dei de presente a ela bem ali, bastante sem cerimônia.

— Por que você está me dando isso? — Ela não parava de perguntar.

A única coisa em que pude pensar como resposta foi algo como:

— Porque você tem que aceitar, e eu estou muito orgulhosa de você.

Ela fez a minha vontade a maior parte do resto do caminho para casa até eu sugerir que puséssemos o vaso e as flores na mesa de jantar, e depois disso ela o agarrou com firmeza e o levou imediatamente para seu próprio quarto no andar de cima e me proibiu de falar sobre o assunto com qualquer pessoa. É claro, de novo!

Então nós nunca discutimos muito abertamente o fato de ela ter ficado menstruada, mas o vaso permaneceu em cima de sua cômoda durante todo o ensino médio. As rosas já tinham sido jogadas fora havia muito tempo e o vaso passou a conter coisas como fitas e botões, mas estava sempre ali, bem ao lado do espelho. De vez em quando eu o pegava e olhava para ele — é uma coisa simples de vidro, um pouco grosso e não muito bonito. Às vezes eu dizia a ela que sentia muito não ter lhe dado um vaso de cristal bem mais elegante, o que eu certamente teria feito se tivesse planejado o que estava fazendo. Mas ela dizia que eu era boba. Ela não queria um vaso diferente, mais chique — ela queria aquele.

E então ele foi para a faculdade com ela, onde ficava em cima da cômoda ao lado do espelho e onde, se não estou enganada, às vezes tinha flores dadas por pessoas que não eram eu.

— Laura Wexler, New Haven, CT

Laura é professora de estudos americanos em Yale.

O vaso simples: parte II, 1997

Discuto tudo com a minha mãe, de detalhes de um pacote de correio a planos importantes da vida. Passei muito mais tempo ao telefone com ela do que com qualquer outra pessoa. Então me surpreendeu perceber que até ler seu ensaio sobre a minha primeira menstruação nós não tivéssemos de fato conversado sobre a experiência, a não ser no dia em que aconteceu. Eu sei que queria que fosse assim na época, mas não me ocorreu que, sem discussões mais profundas, suas lembranças do acontecimento se mostrariam tão diferentes das minhas.

Por exemplo, eu não a caracterizaria como tendo sido deixada para trás, mas como estando à frente. Enquanto minha pessoa de 13 anos pode ter ficado horrorizada pela perspectiva de ter que passar por uma forçada "assumida" pública da minha menstruação pelas amigas da minha mãe, eu levei o entusiasmo dela a sério. Lembro-me de sentimentos de força e orgulho durante minhas primeiras menstruações. Quando algumas das minhas amigas expressavam emoções negativas a respeito de seus ciclos menstruais, eu respondia que os meus me faziam sentir durona e descolada. Acabei até organizando minha própria cerimônia da lua e das marés na qual minhas amigas de colégio e eu nos divertimos na floresta no meio da noite, antes de nos arrastarmos para dentro de sacos de dormir e lermos sobre Rosh Hodesh em um livro de teologia feminista judaica que minha mãe me dera.

Ter uma mãe à frente do seu tempo nem sempre foi fácil. Mas, no final, eu diria que minha mãe misturou uma comemoração franca da minha entrada para o mundo das mulheres com uma sensibilidade aguçada para a minha privacidade. Sem dúvida, como resposta ao meu confisco das rosas, ela me deu um par pequeno de brincos de prata com uma única flor e seu talo se retorcendo no formato de um coração. Uso esses brincos há anos, um lembrete discreto e pessoal do orgulho de minha mãe de minha força e meu amadurecimento. Eles foram comigo para a faculdade, para a Inglaterra e para Nova York, onde descansam ao lado do meu computador enquanto eu digito. Imagino que as flores que minha mãe me deu estão bem aqui ao meu lado, frescas e eternas.

— Rebecca Wexler, Nova York, NY

Rebecca é cineasta freelancer de documentários.

Decepcionada, 2007

Foi apenas um aviso no começo, alguns pontos vermelhos que sussurravam um tímido "Olá". Ainda que eu suponha que tenha sido o começo mais gentil possível, também foi muito decepcionante. Eu queria drama, significado e mais sangue do que um filme de terror para adolescentes.

Ainda assim, lá estava — uma calcinha manchada espremida em uma bola e jogada no cesto de roupa suja.

Minha mãe estava gritando para que eu descesse e a ajudasse a se aprontar para a festa, minha festa. Ela estava marchando escada acima, esmurrando a porta, mas eu fiquei em silêncio. Ela me disse para crescer e descer; eu tinha 13 anos e estava agindo como uma criança.

Minha voz só voltou depois que ela havia entrado na cozinha.

— Mãe... *mãe? Mããããeeeee!!!*

Eu não podia descer para dizer a ela. Não podia lhe contar na frente do meu irmão e do meu pai. Isso tinha que ser especial, ritualístico e tribal. Na minha cabeça de menina, eu era uma mulher.

Ela me ignorou durante 15 minutos.

Finalmente ela esmurrou a porta do banheiro que havia se transformado na minha prisão.

— Tatum! Ande logo! Os primos ligaram e disseram que estão a caminho.

Rosto vermelho.

Mãos tremendo.

Porta aberta.

— Entre... por favor?

Eu sussurrei meu segredo.

Ela procurou algo embaixo da pia e, dando de ombros, me entregou um pacote de absorventes finos como papel.

Fiquei completamente decepcionada.

— Tatum Travers, Chicago, IL

Tatum é aluna do ensino médio e adora poesia e música folk.

Atrasadíssima, 1970

Como a mais nova de quatro meninas na minha família, o acontecimento da primeira menstruação era *muito importante*. Minha passagem pela puberdade pareceu demorar muito tempo e minhas irmãs estavam bem mais adiantadas do que eu. Eu mal podia esperar para desenvolver algumas curvas no meu corpo de graveto, mas, aos 14 anos, a minha silhueta ainda desenhava uma linha reta do queixo aos pés e a minha menstruação ainda não tinha vindo. Envergonhada pela demora, passei a mentir a respeito do meu estado não feminino.

A educação sexual na aula de Saúde do oitavo ano era ministrada pela srta. Morgan, que tinha um nariz grande e redondo, um corte de cabelo esportivo e joelhos musculosos revelados pelos *kilts* curtos e atléticos que ela usava nas aulas. Seguindo uma breve palestra sobre os órgãos reprodutores femininos, ela se lançou em uma descrição da menstruação e produtos higiênicos, incluindo absorventes internos, cujo nome ela pronunciava erradamente como "abissorventes", para nosso deleite absoluto. Em seguida, pediu-nos para levantar as mãos se já tivéssemos ficado menstruadas e, quando olhei em volta da sala e vi que era a única com a mão abaixada, minha mão subiu como uma flecha, frustrando sua tentativa de mostrar que nem todas as garotas amadurecem ao mesmo tempo. De jeito nenhum eu ia deixar que ela me usasse como exemplo de amadurecimento tardio.

A srta. Morgan também era professora de educação física e, quando uma garota estava menstruada, ela podia ser dispensada de tomar banho depois da aula de ginástica se sussurrasse baixinho "R" para a srta. Morgan, que fazia uma marcação em sua prancheta. O que, eu me perguntava com frequência, podia significar o R — regular? regra? rubro? Depois da mentirinha na aula de Saúde, me senti compelida a me dirigir ocasionalmente até a prancheta, toalha em volta da minha silhueta de varapau, e dizer casualmente "R", enquanto a sra. Morgan espiava por cima da armação de seus óculos e me dava um olhar cético. Felizmente ela não me humilhou revelando meu disfarce.

Como aos 16 anos a minha menstruação ainda não viera, fiquei desesperada. Talvez eu nunca cruzasse a porta de entrada para a maturidade. Talvez permanecesse menina para sempre. Para melhorar meu ânimo, meus pais marcaram uma consulta com um ginecologista, que determinou que eu estava ótima, mas que talvez minha glândula pituitária precisasse de um estímulo. Ele sugeriu uma breve tentativa com pílulas anticoncepcionais para estimular artificialmente minha menstruação e assim eliminar meus temores de que eu não tivesse alguma parte crucial do encantamento feminino.

Aliviadíssima por ter uma solução à mão, fui à farmácia com meu compreensivo pai (nada de segredos femininos nessa família). Enquanto esperávamos que a receita fosse preenchida, as duas matronas atrás do balcão trocaram olhares abertamente desaprovadores. Quase incapazes de disfarçar seu desprezo, elas estavam ultrajadas por essa criança abandonada estar comprando pílulas anticoncepcionais e ainda por cima com o consentimento do pai. Ou talvez pensassem que ele fosse meu namorado muito mais velho. Quem pode saber? Fiquei furiosa. Aqui estava eu, prestes a garantir minha cobiçada entrada no clube das mulheres, e aquelas duas megeras estavam estragando a festa.

— Papai — disse em voz um pouco mais alta do que precisava enquanto arrancava a receita da farmacêutica. — Eu espero que este remédio ajude a regular minha menstruação.

Dei meia-volta e marchei para fora, sem nem olhar para trás para ver como elas recebiam a notícia. Acho que meu pai não fazia ideia do que estava me incomodando.

As pílulas funcionaram como prometido e finalmente era a minha hora de navegar pelos mistérios do "abissorvente", guiada pela minha amorosa irmã Pat, de seu posto discreto do lado de fora da porta do banheiro.

Depois de apenas um mês tomando pílula, meu corpo assumiu o comando sozinho, completando minha prolongada, mas mesmo assim alegre, passagem para o mundo das mulheres.

— Judy Nicholson Asselin, Westtown, PA

Judy é escritora freelancer e professora do ensino médio.

Descarte adequado, 1993

Há alguns anos, quando minha filha tinha 13 anos, sua melhor amiga, Catelin, veio dormir aqui em casa. Durante a noite, sua menstruação começou. Felizmente sua mãe a havia preparado e a menina tinha absorventes. No entanto, apesar de a mãe dela ter feito um ótimo trabalho descrevendo o que iria acontecer, tudo indica que fora reticente em relação à questão de o que fazer com absorventes usados. Enquanto eu preparava o café da manhã, meu marido na época entrou no banheiro e, para seu horror, viu um grande absorvente dentro da privada! Parecia estar ali havia algum tempo e absorvera toda a água do vaso, portanto estava do tamanho de um catálogo telefônico. Na maior agitação, ele pediu reforço e fugiu para a garagem. Eu me sentei tranquilamente com ela, perguntei se ela estava bem e liguei para sua mãe vir pegá-la. Quando ela chegou, todas concordamos que a eliminação adequada dos absorventes era um tópico *muito* importante e, depois que elas foram embora, pesquei o pedaço transgressor de algodão do vaso e meu marido da garagem.

— Catherine Conant, Middletown, CT

Catherine Conant é uma contadora de histórias profissional que vem atuando, ensinando e treinando há mais de 15 anos. Em sua adolescência em Nova Jersey, ela chamava sua menstruação de "Tia Tillie de ribanceira vermelha".

Estofamento de colchão, 1990

Meu primeiro encontro com um absorvente tamanho grande aconteceu quando eu tinha seis anos. Minha mãe estava dando um pequeno jantar e eu perambulava pela casa, em busca de minha própria diversão. Depois que acabei o meu livro de colorir, comecei a brincar com uma bonequinha, da qual me cansei bem depressa. Decidi ir para o quarto da minha mãe e olhar dentro de seu armário e gavetas da cômoda — uma das minhas atividades favoritas. Dessa vez, em vez de sapatos e colares, eu encontrei uma pequena pilha de absorventes. Naquela época estávamos morando na Rússia, e absorventes higiênicos raramente eram vendidos em pacotes. Eu não sabia o que eram na época; só o que sabia era que eram do mesmo tamanho da minha boneca. Isso me levou à conclusão mais racional que uma menina de seis anos poderia ter: minha mãe havia comprado colchões de boneca para mim e estava esperando para me dar de presente. Óbvio! Tirei um e o carreguei, junto com a minha boneca, para a sala de jantar. Enquanto os adultos estavam sentados à mesa conversando, entrei e me sentei no sofá adjacente. Com amor e carinho, fui em frente e arrumei meticulosamente o absorvente e botei minha boneca para dormir nele. Quando estava feliz com o meu arranjo, decidi mostrar para todo mundo minhas habilidades maternais. Coloquei orgulhosamente meu arranjo na mesa. Assim que fiz isso, a conversa dos adultos morreu e foi substituída por gargalhadas. Com o rosto vermelho, minha mãe me levou na mesma hora para a sala ao lado e me deu um curso-relâmpago sobre menstruação.

Fiquei menstruada quando tinha 13 anos. Eu estava brincando do lado de fora com algumas amigas e corri para dentro para fazer xixi. Quando olhei para minha calcinha, percebi uma grande mancha amarronzada. Chamei minha mãe e minha avó, que vieram correndo. Era como se eu não fosse mais criança, era o começo do fim. Meu corpo estava começando a mudar e essa era a ativação da minha sentença de morte. Era tudo ladeira abaixo a partir dali. Minha mãe me deu alguns absorventes, mas dessa vez eles não foram colchões de boneca. Nem minha mãe nem minha avó fizeram um grande estardalhaço a respeito; foram bastante indiferentes. De certa forma, eu queria que elas fizessem um estardalhaço e fiquei chateada por não fazerem. Minha avó disse que eu não devia ir nadar quando estivesse menstruada. Ela continua a me dizer isso ao telefone, apesar de saber que eu só uso absorventes internos.

— Yulia, Nova York

Yulia é fundadora e uma das editoras de uma revista literária e de arte pós-feminista.

Não jorrem por mim, por favor, 1979

A menstruação, eu sabia por boatos, começava com enormes e constrangedores jorros de sangue. Por que alguém iria ansiar por isso? Eu tinha 13 anos e estava prestes a entrar para o ensino médio e, apesar de algumas garotas da minha idade já usarem desodorante, se rasparem e usarem sutiãs, eu era, de acordo com a minha mãe, jovem demais para toda essa bobagem. Por mim, tudo bem. Ser menina era divertido. Além do mais, eu estava prestes a ir para o Quênia para passar o verão com a minha melhor amiga e seus pais. Eles eram arqueólogos e sempre que ela voltava de uma escavação, estava com o cabelo branco de tão louro e a pele tão bronzeada quanto uma garota branca pode ficar. No íntimo, eu esperava me transformar de uma menina sem graça em uma *top model* antes de as aulas do ensino médio começarem.

A viagem foi ótima. Ficamos na ilha de Lamu. Compramos *kikois* e os usávamos amarrados, no estilo das garotas locais, em volta do pescoço; tomávamos banho de sol todo dia com suco de limão no cabelo; e, um dia, voltando da praia para casa, quase fui presa por um policial que considerou meu biquíni indecente. Ele disse que eu era mulher demais para mostrar tanta pele. Eu adorei.

Em casa, no entanto, o espelho me mostrava a mesma garota sem graça. Eu estava experimentando meu novo uniforme de aluna de escola católica, horrorizada porque, sem uma camiseta por baixo, meus mamilos apareciam através da blusa de poliéster, quando minha mãe veio da lavanderia segurando uma calcinha minha. Ali na virilha estavam aquelas manchas marrons misteriosas que haviam se recusado a sair quando eu as lavara à mão em Lamu. Ela me perguntou se eu ficara menstruada na África. É claro que eu neguei. Como poderia ter ficado menstruada sem saber? Ela me perguntou o que eram as manchas então.

Por um segundo ela me pegou. Mas aí eu vi a minha saída.

— Isso é mancha de cocô! — falei, como se fazer cocô nas calças fosse menos constrangedor do que ficar menstruada sem saber. Como ela ficou em silêncio, achei que a tinha convencido.

No final, acabou que ela estava certa sobre as manchas; lentamente, durante os vários anos seguintes, o sangramento foi ficando maior até eu saber que essa era a minha própria versão da menstruação. Ainda assim, a vitória foi minha. Consegui me tornar mulher do jeito que eu queria, sem nenhum jorro.

— Monica Wesolowska, Berkeley, CA

Monica é escritora de ficção (apesar de a história acima ser totalmente verdadeira).

O tapa, 1972

Nossa casa havia pegado fogo alguns dias antes em um incêndio elétrico. Como resultado, eu estava morando na casa de um vizinho com a minha mãe, enquanto meu irmão e meu pai hospedavam-se na casa de outro amigo. Eu estava me sentindo desorientada e preocupada porque não conhecia os vizinhos muito bem. Além disso, minha cadela, que havia ficado presa no fogo, estava sofrendo de queimaduras graves e inalação de fumaça (ela morreu alguns meses depois).

Fui ao banheiro na escola e vi uma mancha amarronzada na calcinha.

Achei que devia estar doente com algum tipo de vírus estomacal, mas fiquei confusa porque me sentia ótima. Liguei para a minha mãe e lhe contei o que havia encontrado. Ela pareceu muito entusiasmada, me parabenizou por ter ficado menstruada e me disse para esperar no banheiro porque ela estaria lá em alguns minutos. Quando ela chegou, me deu um tapa no rosto* e então me abraçou. Surpresa e ainda mais confusa, perguntei-lhe o que eu havia feito de errado. Ela começou a rir e me disse que garotas que ficam menstruadas pela primeira vez são

---

*É um velho costume esbofetear uma jovem na época de sua primeira menstruação. Há várias explicações. Uma visão é que a intenção é empurrá-la para fora da infância. Outra explicação é que isso é feito para afastar o olho grande. A maioria das mulheres parece não fazer ideia das origens desse ritual.

estapeadas e abraçadas para sentirem a dor e a alegria de virarem mulher. Eu resolvi que, se algum dia tivesse uma filha, acharia uma forma melhor de marcar a ocasião.

— Ilene Lainer, Nova York, NY

Ilene é fundadora e diretora executiva do Centro Nova-Iorquino para o Autismo. Ela e o marido, Steven, têm dois filhos, Max e Ari.

Resgatada por uma refugiada, 1941

No outono de 1941, um mês antes de fazer 14 anos, fui ao banheiro das meninas da minha escola secundária no Bronx. Naquele cubículo, minha primeira menstruação começou.

Eu sabia que isso ia acontecer comigo algum dia. Sinceramente não sei dizer como, porque quando via os anúncios de Modess ou Kotex no *Ladies' Home Journal* da minha mãe, seus eufemismos — leve e macio como uma nuvem — eram intrigantes. Perguntei à minha mãe e, fugindo à pergunta, ela me deixou na terra do mistério.

A única outra garota naquele banheiro era uma refugiada francesa, Odette. (Lembrem-se, era a Segunda Guerra Mundial.)

Coloquei minha moeda na máquina presa à parede, comprei um absorvente higiênico e fiquei ali, pensando em como prendê-lo. Odette veio em meu socorro, me mostrando como usar o minúsculo alfinete de fralda que vinha junto.

Quando andei de volta para casa naquela tarde, minha mãe me encontrou no meio do caminho para me informar que eu havia ficado menstruada.

— Como você sabe? — perguntei.

— O seu pijama — respondeu, aproximando-se para me dar um abraço. E então ela me disse que o costume no velho mundo era esbofetear a garota na primeira vez, mas que ela era moderna demais para fazer algo tão primitivo.

— Pearl Stein Selinsky, Sacramento, CA

Pearl é professora aposentada e escritora com livros publicados, e tem dois filhos adultos e quatro netos.

A ira dos deuses, 1970

*Ela andou para os fundos
do ônibus quente, enjoada com o cheiro
da gasolina, além do lugar onde os meninos se reuniam,
olhando cada menina que ousava passar
a iniciação velada
para o minúsculo banheiro
sufocante como um confessionário
para descobrir pela primeira vez a mancha escura.
Depois que os murros violentos (os meninos batendo na porta)
se acalmaram, ela emergiu para a luz fraca,
mas nada havia mudado.
Nenhum garoto mais tarde naquela noite escorregou
para o assento vazio
para sussurrar no ouvido dela.
Nenhuma garota se amontoou em volta dela para partilhar
de sua glória recém-descoberta.
Se havia deuses, eles haviam sido mandados para cá
por um motivo, decretar que na abundância
havia dor e, do sofrimento,
talvez um dia um filho.
No alto do monumento
que os levara à viagem
mais cedo naquele dia, cansados depois de seu triunfo
(oitocentos e noventa e sete degraus de pedra!),
ela sabia que estava no limiar
de algo grandioso e importante
em que podia ver o reluzir —*

os memoriais de Lincoln e Thomas Jefferson
e o Capitólio da nossa nação, as figuras pequenas
de amantes passeando pelo parque,
as cerejeiras em flor!
do que havia além
dos muros vigiados que serpenteavam
sua comunidade de subúrbio
onde ela poderia um dia
criar sua independência.
No monte ela podia sentir a pressão
do sol untando seu rosto, o ar
como felicidade, crescendo dentro dela;
a presença dos nossos fundadores
não impunham mais seu denso peso.
Mas só quando sua mãe a pegou
na escola ao cair da noite
depois da viagem
ela soube que ninguém
(talvez nem mesmo os deuses)
estava olhando.
As estrelas estremeceram.
As mariposas inquietas foram para a luz do poste.
No jardim grilos trilavam.
Gravetos se quebravam.
As frutas vermelhas e venenosas
da árvore que fazia sombra na entrada de sua casa
caíram no para-brisa de seu carro.

— Jill Bialosky, Cleveland, OH

Jill Bialosky é poeta, escritora e editora. Seus trabalhos já apareceram em publicações como a New Yorker, Paris Review *e* O magazine.

Trancada em um quarto com *dosai*, 1962

Até os 10 ou 11 anos, toda vez que visitava a casa Bangalore, eu percebia algo estranho. Alguma mulher da família desaparecia misteriosamente e aparecia mais tarde, talvez durante o período de sesta da tarde, e sentava-se isolada do resto da família. Nós, jovens, éramos advertidos a não tocar nela e nos diziam que era uma coisa religiosa. Depois que comecei a menstruar, percebi "Ah, então era disso que se tratava!". Minhas primas mais velhas e tias agora não podiam me provocar ou me mandar sair durante as sessões de fofoca; eu também faria parte dessa turma feminina de elite.

Mas eu odiava o fato de todos os primos homens saberem o que estava acontecendo e darem sorrisinhos de quem estava por dentro. *Paati* era muito tradicional, então ela esperava que todas nós observássemos esse ritual sem falta. Por que esse ciclo mensal tem que ser anunciado? Felizmente, ficávamos apenas um mês, portanto esse constrangimento só acontecia uma vez durante a estada de verão, apesar de eu sentir pena das minhas primas, que moravam lá.

Quando a gente ficava menstruada, não podia entrar na parte principal da casa. Devíamos ir para a porta dos fundos e esperar que alguém percebesse que havíamos sumido e então nos ver ali. Eu havia observado as diferentes táticas que tias e primas usavam para conseguir isso. Quando percebiam que estavam com *aquilo*, elas sussurravam para alguém que Não Estava com *aquilo* e corriam para a porta dos fundos. Ou batiam em uma janela próxima para chamar atenção. Enquanto isso, o aposento anexo era preparado para aquela pessoa. Agora o próximo passo envolvia chegar ao aposento anexo pelo quintal e o jardim dos fundos. Esse quartinho era perto da frente da casa, com entrada privativa.

O jardim dos fundos era um pedaço de terreno com terra vermelha e lagartas pretas e peludas que me aterrorizavam. Cautelosamente, eu me aventurava pelo caminho, fechando os olhos, dando passos cuidadosos para aterrissar no quarto anexo. Eu era adulta agora. Não, não, eu não podia ter medo de lagartas idiotas. *Amma* me dava um sorriso de encorajamento e eu fazia uma cara muito serena e ia em silêncio para aquele quarto.

O aposento anexo era na verdade um quarto agradável e claro com muitos livros e uma boa cama. O quarto tinha duas janelas; uma era difícil de abrir, mas a outra, feita de quatro janelas francesas, duas embaixo e duas em cima, podia ser aberta, revelando grades. A janela dava para a rua. Eu vira minhas primas quando estavam enclausuradas, conversando com suas amigas de pé na rua. Eu era a iniciada mais jovem naquele quarto, portanto meus amigos eram os livros.

Quando precisava ir ao banheiro, eu tinha que fazer tudo ao contrário. Tinha que abrir a porta lateral e voltar pelo jardim dos fundos infestado de lagartas até o banheiro. Algumas tias gritavam "Estou indo!" para avisar aos outros, como se quisesse dizer: "Cuidado! Mulher menstruada à solta!"

Eu saía do quarto, inspecionava a área e atravessava a zona de guerra, olhando e esperando que nenhuma criança viesse correndo me tocar.

Os homens da família achavam divertido e exasperador, porque, se a pessoa isolada por acaso fosse sua irmã ou mãe, eles não podiam sentar e ter uma conversa normal com ela. Em geral *aquilo* sairia do quarto dos fundos e, com a ajuda do resto da família, chegaria a salvo ao grande aposento principal. Lá ela podia sentar em um canto durante as tardes para conversar e participar da diversão e das risadas, mas conversas particulares não eram possíveis. Se você por acaso fosse o filho pequeno *daquilo*, sua vida virava de cabeça para baixo nos quatro dias seguintes. Os pequenos não faziam ideia do que estava acontecendo, então eles choravam e berravam por suas mães e iam correndo para elas, e nenhuma quantidade de *Não, não, não!* podia detê-los. Havia acordos, no entanto. Essas crianças tinham permissão para andar nuas já que, se estivessem vestidas, tinham que tomar banho imediatamente quando tocavam suas mães.

Ah, a comida para *aquilo* também era um assunto complicado. Alguém servia a comida para *aquilo* só depois que todo mundo havia comido. Além disso, *aquilo* devia ficar com seu prato e copo, lavá-los e mantê-los em seu quarto.

O esquema era complicado e estressante até mesmo para pensar a respeito, mas eu achava que simplesmente tinha que fazê-lo; questionar não era permitido. Esse isolamento, planejamento e trabalho extra também eram cansativos, mas todas nós, tias e primas, humildemente seguíamos a penitência de quatro dias, já que no dia da soltura éramos recompensadas com uma comida especial — *masala dosai*.

Dosai é uma comida muito comum feita de lentilhas fermentadas e massa de arroz, e presente nas mesas da maior parte das casas do sul da Índia. Parece um crepe, só que normalmente é marrom dourado e crocante, comido com manteiga e *chutney* de coco ou uma sopa, parecida com ensopado, feita de cebolas.

Paati fazia isso em casa de vez em quando. Ela esperava que sua grelha preta ficasse quente no fogão à lenha, aí jogava habilmente a massa branca de arroz e lentilhas e a espalhava fina e redonda na grelha. Quando o *dosai* estava pronto, ela juntava manteiga (fresca, feita em casa) e seu *chutney* especial para que ficasse bem coberto. Aí, punha duas colheradas de sua mistura de *masala* de batata e cebola em uma metade do *dosai* e dobrava a outra metade por cima, com muita habilidade e sem esforço. Então ela acrescentava um pouco mais de manteiga e servia o *dosai* dobrado, quente e crocante, para uma pessoa da família.

Todo esse processo era tedioso de realizar. E, de alguma forma, a mistura especial de *chutneys* e a textura crocante do *dosai* eram uma experiência completamente única e deliciosa nos restaurantes de Bangalore. O *dosai* modesto, em forma de triângulo com todos os recheios dentro, era servido com dois tipos de *chutney* à parte também!

Thatha ia ao restaurante local e voltava com o *dosai* embrulhado em folhas de bananeira. O cheiro quente dos *chutneys* e da manteiga derretida invadia a casa enquanto ele entrava com um sorriso. Eu ainda me lembro desse prato delicioso no dia em que era liberada, um presente de "bem-vinda ao mundo" que significava que tudo ficaria bem pelos próximos 24 dias.

— Shobha Sharma, Chennai, Índia

Shobha Sharma veio da Índia para os Estados Unidos em 1976, planejando fazer carreira em química. Após alguns anos, percebeu que preferia ser escritora e abrir uma livraria feminista. Oba! Concluiu recentemente um romance sobre as mulheres da Índia.

Simples como sal, 1967 e 2008

O que eu gostaria de compartilhar é a enorme diferença entre os momentos em que eu fiquei menstruada e quando minha filha ficou. Eu estava jogando beisebol na rua perto da casa da minha avó quando senti uma dor retorcendo a barriga e fiquei chocada ao achar manchas cor de ferrugem na minha calcinha. A família fazia uma visita naquele dia — talvez uma dúzia de parentes. Minha avó veio para fora e fez o anúncio geral:

— Jacquelyn se tornou mulher hoje! Ela ficou menstruada!

Passei o dia me escondendo em um quarto escuro, não só envergonhada na frente dos meus amigos, mas certa de que nunca mais seria capaz de encarar ninguém, especialmente um velho tio lúbrico, sem estar com o rosto vermelho como uma ameixa inchada. Meses antes do aniversário de 12 anos da minha própria filha, fiz um *kit* "de menstruação" a partir de uma caixa da Sephora com tampa de ímã. Dentro havia absorventes externos de vários tamanhos, absorventes internos, o livro de perguntas e respostas mais fino que consegui encontrar e um vidro de Tylenol. Quando ela me procurou em uma noite de inverno para relatar sua primeira menstruação, passamos uma hora abraçadas na cama e eu lhe disse:

— Isso significa que seu corpo está se preparando para virar o corpo de uma mulher, não que você já seja uma. O momento em que vai se tornar mulher depende de você. Por enquanto, pode ser uma menina feliz no sexto ano e adorar esportes e ter meninos que são amigos e usar seus jeans esfarrapados e sua camiseta do Toledo Mud Hens.

— Isso é um alívio — disse Francie. — Não sou obrigada a crescer?

— Não até o momento em que estiver pronta.

— Ainda posso praticar esportes quando estiver... menstruada?

— É a melhor coisa para isso — falei. — Assim você nunca terá o tipo de cólica debilitante que as garotas costumavam ter antigamente. Você pode fazer tudo que faz quando não está menstruada.

A pedido dela, eu a ensinei a usar um absorvente interno para os dias da equipe de natação. E então o drama temido, hiperbólico, sinistro e exagerado que atingiu minha própria maturidade biológica entrou na vida da minha filha tão tranquilamente quanto comprar um sutiã esportivo — uma parte meio chata, mas fundamental, de ser mulher.

E, pelo bem dela, eu agradeci a Deus — como havia feito por seus irmãos muito mais velhos quando eles perderam a virgindade — por eu ser tão prática em relação a sexo quanto em relação a sal, achando, como sempre achei, que a quantidade certa torna a vida surpreendentemente melhor e que em demasia pode arruinar uma personalidade com tanta facilidade quanto pode estragar a massa de uma torta.

Quando fico tentada a pensar — como acontece com frequência — que estou cansada de mudanças tão pequenas, penso nesse conforto da comunicação — em como foi horrível para mim e pior ainda para as minhas amigas nos anos 1960 e 1970, algumas das quais não receberam nada além de um pacote de absorventes e um bilhete conciso a respeito de gravidez não planejada enfiados dentro de seus armários no verão antes do sétimo ano. A mãe de uma amiga tinha seis filhas e nunca discutiu ovulação, menstruação ou contracepção com nenhuma delas.

Muita coisa mudou e grande parte foi para melhor.

— Jacquelyn Mitchard, Madison, WI

Jacquelyn Mitchard é autora best-seller de sete livros para adolescentes e oito romances adultos. Seu romance Profundo como o mar *foi o primeiro livro a ser escolhido para o Clube do Livro da Oprah e o USA Today o considerou um dos dez livros mais influentes dos últimos 25 anos. Tem sete filhos, com os quais fala todos os dias. Ela é muito organizada.**

---

*Jacquelyn Mitchard é a mãe mais maneira do mundo, não é?

Señorita, 1980

Minha história começa cerca de cinco anos antes de eu ficar menstruada. Havíamos nos mudado de Porto Rico para Trinidad e estávamos morando em um apartamento até conseguir uma casa para morar. Lembro-me de pegar uma bala vermelha de uma tigela um dia, jogá-la na boca e chupá-la por algum tempo. Não gostei e, já que estava no banheiro naquele momento, eu simplesmente joguei a bala no vaso sanitário e dei descarga. Horas depois, minha mãe gritou para que todas nós meninas (eu sou a mais nova de quatro irmãos; três de nós são mulheres) fôssemos ao banheiro imediatamente. Ela começou a nos interrogar sobre quem havia usado o banheiro por último, se alguma de nós estava passando mal ou sangrando e se alguma de nós havia ficado menstruada. Nós todas negamos e perguntamos a ela por quê. Ela nos mostrou então a água no vaso; estava vermelho vivo. Percebi que a culpada era a bala e disse a ela. O alívio em seu rosto foi imediatamente visível e nós todas começamos a rir. Ela usou a oportunidade para nos explicar mais uma vez a respeito da menstruação. Nós já sabíamos; tendo visto os pacotes gigantes de absorventes higiênicos no banheiro dela quando ela estava menstruada, em algum momento uma de nós perguntou sobre eles e recebeu a resposta.

Na cultura latina, ficar menstruada é um acontecimento significativo, um momento em que a gente se torna uma *señorita*. Quando minhas duas outras irmãs ficaram menstruadas, minha mãe anunciou com grande orgulho para a família à mesa do jantar. Isso foi um pouco demais para mim. Eu tinha 14 anos quando a minha menstruação finalmente chegou. Era de manhã e eu estava indo para a escola. A única coisa que fiz foi trocar de calcinha, botar um absorvente e ir para a escola. Minha mãe acabou descobrindo quando me perguntou a respeito. Ela ficou claramente magoada por eu não ter partilhado voluntariamente essa intimidade com ela.

Um ano inteiro passaria antes que ela concordasse em comprar absorventes internos para nós. Na cultura latina, preservar a virgindade até o casamento é sacrossanto e minha mãe acreditava firmemente nisso. Por azar, isso também significava não poder usar absorventes internos até casar, a fim de não interferir com o hímen. Nós, três meninas, nos rebelamos à mesa do jantar um dia. Defendemos nosso caso observando que a maioria das nossas amigas na escola usavam absorventes internos e que isso impedia nossa capacidade de praticar esportes (sobretudo natação). Como meu pai nos apoiou, ela entregou os pontos. Alívio! Para mim, poder usar absorventes internos foi uma ocasião mais importante do que ficar menstruada.

— Kica Matos, New Haven, CT

Kica é advogada, defendeu presidiários no corredor da morte e agora dirige a Agência de Serviços Comunitários da Cidade de New Haven.

Posso sentar no colo dele?, 1916

Eu estava com 11 anos. Tinha uma amiga onde eu morava e seus pais eram donos de uma loja. Ela e eu éramos muito amigas, mas foi há muito, muito tempo e eu esqueci seu nome. Eu estava dirigindo o velocípede dela uma vez quando senti algo pegajoso entre as pernas.

Fui perguntar para a minha mãe, o que era normal quando eu não entendia alguma coisa. Eu não sabia o que era. Não fazia ideia de que era sangue. Eu nunca ouvira falar nisso na vida, porque na época eles nunca contavam às crianças sobre essas coisas.

Bem, ela deu uma olhada e disse:

— Aaaahh, *shoin* (iídiche para *já*)?

Ela não esperava que eu menstruasse. Aí ela me lavou e me explicou o que era. Pegou um pedaço de pano, a toalha de mão, e o prendeu no que eu estava usando e, naquele momento, era como se *algo tivesse acontecido na minha vida...* e não é maravilhoso?

Mais tarde naquele dia, meu pai me levou para dar uma volta por perto, no East River. Enquanto estávamos sentados em um deque onde os navios entravam, eu disse:

— Sabe o que eu vou ter todo mês?

Eu o vi estremecer e ele falou, hesitante e muito envergonhado:

— Ah, sei, sei.

E eu disse:

— Uma menina me disse que eu não devo sentar no colo de nenhum homem ou de nenhum menino, porque é muito perigoso quando você tem isso.

Minha amiga havia dito "Fique longe de homens e meninos até ficar mais velha". Então eu me virei para ele e perguntei:

— Eu tenho que me manter longe de homens e meninos?

Mais uma vez, ele ficou muito constrangido e, depois de pensar por um instante, disse:

— Bem, não sei. Talvez seja melhor que não fique.

— Henrietta Wittenberg, Nova York, NY

Henrietta viveu até os 101 anos. Ela adorava música e canto. Nascida na cidade de Nova York, passou os últimos anos de sua vida na Tower One em New Haven, onde era conhecida como "a senhora que dança".

Barbies e biologia, 1996

No dia 6 de janeiro de 1996, vivenciei minha iniciação no mundo das mulheres. Eu ia fazer 12 anos dali a menos de dois meses e a minha vida parecia ser o tipo de vida mais comum que alguém podia estar vivendo. Numa noite de sábado, percebi uma mancha vermelha bastante grande na minha calcinha e era como se já esperasse isso. Fui para a sala de estar e sussurrei para a minha mãe que ela precisava vir ao banheiro. Mostrei-lhe a mancha vermelha, abstendo-me de qualquer palavra de explicação. Ela me lembrou que eu sabia onde guardávamos os absorventes e me ajudou a me preparar. Naquela época, minha mãe usava absorventes gigantes como almofada e, estranhamente, a grossura extra me fez sentir mais segura.

Apesar da noite da minha menstruação ter sido tudo menos traumática, a escola foi diferente. Eu tinha um círculo íntimo de amigas que contavam tudo uma para outra. Nenhuma das minhas amigas havia mencionado nada sobre sangrar e eu estava convencida de que havia algo errado comigo. Eu havia me desenvolvido mais rápido do que elas. Senti-me muito estranha mantendo essa informação pessoal para mim mesma, mas tinha medo de ser proscrita por ser anormal. Esse conflito interno durou um dia inteiro de aulas. O forte impulso de revelar meu segredo para minha melhor amiga venceu meu medo, e eu decidi contar a ela na terça-feira. Iniciei a conversa declarando que eu tinha um segredo. Ela me surpreendeu dizendo que ela também tinha um segredo. Depois de passarmos por vários anúncios, descobrimos que nós duas estávamos falando a respeito do mesmo segredo, com dois dias de diferença. Tirando esse peso dos ombros, partilhamos nossas experiências e tivemos vontade de descobrir se outras na nossa sala tinham um segredo como aquele. Logo descobrimos que muitas das nossas colegas de classe estavam passando pela mesma coisa e não tinham conseguido contar a mais ninguém.

Nas semanas seguintes, passamos os dias conversando sobre nossa menstruação com o codinome "Barbie". Podíamos falar em voz alta sobre termos nossas Barbies sem os meninos fazerem a menor ideia. Inicialmente, alguns meninos adivinharam que nossos sussurros em pequenos círculos tinham que ser a respeito de sexualidade, já que era tudo o que havia para se conversar. Depois eles se convenceram de que, com tanto entusiasmo, devíamos estar falando sobre bonecas louras e magras.

Só um ano depois descobrimos mais sobre a biologia da menstruação. Todas as garotas da escola foram retiradas da aula um dia para o que depois descobrimos ser uma sessão de informação patrocinada pela Orkid (o nome do absorvente Always na Turquia). Era informativo, mas abstrato. Muitos anos depois eu ainda queria saber o que causava o sangramento. Tinha ouvido que o canal para o útero era fechado por uma membrana muito importante, o hímen. Na minha lógica, já que todo o resto fica dentro, então devia ser o hímen que sangrava todo mês. Só no último ano do ensino médio eu descobri que o hímen tinha aberturas que deixavam o sangue passar. Depois disso, envergonhada com minha própria ignorância, comecei a partilhar todas as informações que eu tinha em relação à anatomia feminina com as minhas amigas. A verdade é que muitas de nós passam a vida esperando que alguma outra pessoa saiba como tudo funciona dentro de nossas próprias cavidades.

— Aysegul Altintas, Istambul, Turquia

Aysegul nasceu na Turquia. Estudou biologia molecular, celular e do desenvolvimento em Yale e está fazendo doutorado na universidade de Sabanci.

Um trecho de "Letters"

Recém-casada, um dia grávida, você corou
Ficou tão rosada que o mítico pôr do sol do Niágara empalideceu.
— Papai vai me matar quando souber. — Você fraquejou
mas o primeiro neto, um menino, aliviou o golpe.
Você me contou como sua mãe esbofeteara seu rosto
no dia em que o primeiro sangue secou nas suas coxas,
e então mandou pedir conselhos a sua irmã.
Com mais sorte, eu ganhei *Marjorie May's
Twelfth Birthday*, um livro confuso impresso pela Kotex,
tão confuso que me levou a crer que você sangrava
só durante aquele ano e castamente não mencionava
os simples diagramas sobre sexo.
Quando eu enterrei Muzz, comecei
a chamá-la pelo nome que proclamava Mulher?

— Maxine Kumin, New Hampshire

Maxine Kumin é poetisa laureada tanto pelo estado de New Hampshire como pelo governo dos Estados Unidos.

Meu sistema de apoio foi uma caixa, 1977

Minha mãe tinha 41 anos quando nasci e entrou na menopausa quando eu tinha 5 anos. Na infância, lembro que não havia nenhum produto de higiene feminina pela casa. Eu tinha três irmãos mais velhos e não me recordo de nenhuma conversa em casa a respeito de corpos, sexo ou qualquer coisa ligada à menstruação. Eu soube sobre menstruação através de amigas, não em casa.

Um dia, quando eu estava no sétimo ano, chegou um pacote pelo correio. Fora enviado pela Kotex e era endereçado à minha mãe. Achei aquilo estranho, já que ela não precisava encomendar absorventes. Quando minha mãe não estava por perto, procurei até encontrá-lo e descobri que era um *kit* de amostras de todo tipo de produtos da Kotex, livretos (um de que eu me lembro tinha um título tipo "Como discutir isso com a sua filha"), cintas e outros itens antiquados.

No dia em que fiquei menstruada, minha mãe estava fora. Liguei para ela para perguntar o que eu devia fazer e ela disse:

— Bem, há essa caixa...

Menstruação nunca foi discutida antes e nunca foi discutida desde então. Todo o meu sistema de apoio foi uma caixa.

— Bonnie Garmisa, Guilford, CT

Natural de Chicago, Bonnie vive há 14 anos em Guilford com o marido Tom; os filhos Clara, Ellie e Simon; e o cachorro Hugo.

Barbatanas, 2004

Naquele dia não estava escuro ou tempestuoso. O oceano calmo e turquesa brilhava e a poeira quente do sol pintava o frágil barco de pesca de dourado e tostava meus seios ridículos. Eu estava nesse barco, absorta em algum devaneio infantil, ignorando o sermão do capitão sobre nos afastarmos muito do grupo quando estivéssemos no mar, segurança, blá-blá-blá. Bati minhas nadadeiras de borracha no ritmo das ondas salgadas. Quanto mais o barquinho bufava e soprava para longe da costa branca, mais impaciente eu ficava, mais eu ansiava submergir no misterioso mar do Caribe e fingir que era um peixe ou sei lá o quê.

Finalmente, diminuímos a velocidade e um cara jogou a âncora nas profundezas lindas e brilhantes do mar. Mais sermões idiotas do capitão, os quais eu não escutei. Meu *snorkel* estava preso tão firmemente ao meu rosto que meus globos oculares pareciam querer saltar e meu colete salva-vidas tamanho adulto estava frouxo na minha silhueta de 12 anos. Eu achava que estava mandando muito bem enquanto cambaleava para a popa do barco e só a âncora caiu dentro da água antes de mim. Meu abdômen ficou com cãibras e queimou de alegria enquanto eu olhava ardentemente para o império mágico que era esse recife de coral. Pequenas enguias serpenteavam em volta de anêmonas explodindo com cores. Hipnotizada, eu me vi dando braçadas junto com um cardume de enormes atuns amarelos até perceber que havia me aventurado em águas mais escuras e menos animadas. Mas infelizmente eu não estava com medo. Eu era uma exploradora, droga!

    E eu explorei e explorei e não encontrei nada, só que estava nadando para mais longe do barco e para mais longe do fundo do mar. Também descobri que minha barriga toda estava borbulhando dolorosamente e, quando olhei para baixo, havia uma nuvem vermelho-escuro fazendo um redemoinho com a água azul entre as minhas pernas. Naquele momento, levantei a cabeça e olhei para o céu através da minha máscara de mergulho embaçada. Naquele momento, longe da minha família, do barco, do capitão, das anêmonas do mar, eu me tornei uma mulher. Um pouco encharcada de sangue, mas uma mulher! Um segundo depois disso, vi uma grande barbatana cinza vindo na minha direção,

O que acabou se revelando um

golfinho!

— Lily Gottchalk, Wallingford, CT

Lily é uma criatura espirituosa que costuma escrever poemas com temas marítimos. (Ela tem uma afinidade particular com cetáceos.) Se pudesse ter revivido sua primeira menstruação, ela teria rido mais.

Morrendo na terra de Dionísio, 1972

Parece frequente que a primeira menstruação das meninas ocorra quando estão longe de suas mães. Eu tinha dez anos de idade e estava viajando pela Grécia com a minha família no verão entre o quarto e o quinto anos. Uma de minhas colegas de classe, Maria, era grega e passava todos os verões em Atenas. Estávamos entusiasmadas, como as crianças ficam, com a ideia de nos vermos em circunstâncias incomuns.

Sou filha de imigrantes chineses que davam valor absoluto à educação de primeira classe, mas para quem transmitir conhecimento pessoal era, e continua sendo, difícil. Minha mãe e eu somos muito próximas, mas não tivemos as discussões fundamentais a respeito de menstruação, namorados ou sexo. Lembro-me vivamente quando o tópico da menstruação foi introduzido na aula de Educação de Saúde do quarto ano. Fiquei envergonhada ao levantar a mão e perguntar: "Quanto tempo dura a menstruação?" A professora respondeu com certa impaciência que isso já havia sido dito e que uma menstruação durava entre cinco e oito dias. Mas eu queria saber se o sangramento só ocorria em certas horas todo dia.

Naquele verão, logo depois de chegarmos a Atenas, Maria e sua mãe vieram ao hotel para me levar à sua casa de veraneio na praia. Eu jamais havia estado em uma lancha e mal podia conter meu entusiasmo. Quando estava vestindo meu maiô novo (um maiô azul com uma saiazinha), percebi que havia sujado minha calcinha. Nem por um instante liguei o sangue à aula sobre menstruação. Em vez disso, escolhi ignorar, esperando que simplesmente parasse. Então eu estava em um barco com meu novo maiô azul, sangrando. Continuei a sangrar nos dois dias seguintes enquanto estava com a família da minha amiga. Não mencionei a ninguém, porque além da vergonha havia o medo de que estivesse morrendo.

    A mãe da minha amiga acabou percebendo e me levou de volta para minha mãe no hotel. Em sua total consciência de mim e das minhas necessidades, minha mãe se preparara para essa possibilidade e botara na mala alguns absorventes pequenos e uma cinta. Eu podia ver pela atitude dela que eu não estava doente. Finalmente, juntei dois mais dois e percebi que estava tendo minha primeira menstruação. Vocês podem imaginar por que levei tanto tempo para chegar a essa conclusão, mas eu tinha 10 anos, era jovem e despreparada. É claro que jurei que não aconteceria desse jeito com minhas próprias filhas, mas acabei tendo três filhos. Acho que, mesmo que tivesse tido uma menina, alguma circunstância não planejada teria surgido, porque esse parece ser o estilo das primeiras menstruações.

— Mary Hu, New Haven, CT

Mary é diretora de desenvolvimento estratégico e marketing no Yale Medical Group. Ela tricota avidamente e é mãe de três filhos.

Passo em direção à feminilidade, mas com a madrasta, 1983

Quando eu tinha 11 anos, já estava esperando minha menstruação desde os dois anteriores. A da minha mãe viera aos 9 e, no que parecia ser a concretização física de suas diferenças filosóficas, a da minha madrasta viera aos 18 anos. Eu planejava ter a minha cedo também, como forma de me unir a minha mãe. Achei que meu corpo fosse obedecer.

Não tive essa sorte. Na verdade, eu estava com a minha madrasta e com quase todos os outros parentes paternos, quando minha menstruação finalmente apareceu — um borrão vermelho acastanhado na virilha do maiô da OP novinho que a minha madrasta havia acabado de comprar para mim. Roupas novas eram uma coisa rara quando eu era criança — nós vestíamos quase exclusivamente Exército da Salvação e roupas usadas. Eu estava usando essa roupa milagrosa na festa depois do *bar mitzvah* do meu primo em Long Island, com crianças cujos sotaques e modos elegantes de classe alta pareciam muito estranhos para uma criança de cidade universitária como eu. Eu estava horrorosa no meu maiô. Meus seios se espetavam tristemente atrás do arco-íris pastel e os pelos apareciam por baixo do tecido nas dobras das minhas pernas. Um garoto me chamou de Menina Elefante. Acho que ele foi com minha cara.

No banheiro, descobri o estrago no meu maiô do tipo lindo, mas não em mim. Foi totalmente anticlímax. Ali estava eu, ansiando pela minha menstruação havia dois anos, começando a achar que havia algo errado comigo, mentindo a respeito de vez em quando para garotas cujos corpos chegaram mais rápido à puberdade. E lá estava: nada além de uma mancha no meu maiô chique. A principal sensação, além da dor aguda nos meus rins, que iria piorar à medida que anos passavam e as menstruações continuavam, foi de culpa: meu sistema reprodutor havia traído minha mãe, forçando-me a contar a novidade para minha madrasta, pedir seus conselhos, seu consolo.

Eu não podia fazer isso. Com *Hava Nagila* tocando altíssimo, eu me aproximei da minha tia e da minha madrasta e perguntei casualmente se alguma delas tinha um absorvente interno, uma palavra que eu aprendera já prevendo aquele dia. Fingi que era experiente em lidar com menstruações, que já havia passado por muitas antes. Acho que elas não acreditaram. Olharam uma para a outra com ar de quem sabe das coisas, então olharam para baixo e perguntaram:

— Que tal um absorvente externo?

Mas não me fizeram mais perguntas.

Quando minha menstruação veio novamente, eu estava de volta à casa da minha mãe, usando minhas mesmas roupas antigas. Não havia contado a ela sobre minha menstruação no *bar mitzvah* e agora podia fingir que era a minha primeira, dando-lhe a grande satisfação de partilhar aquela ocasião monumental comigo. Senti o conflito dentro de mim, dividida entre a nossa enorme timidez comum a respeito dos Grandes Temas — conversas sobre as flores e as abelhas ou drogas eram resmungadas e superficiais — e o desejo de agradá-la, uma mãe solteira com um emprego que pagava mal e um ex que raramente dava pensão alimentícia.

A timidez venceu. Fiz a ela a mesma pergunta que fizera um mês antes.

— Você tem um absorvente interno?

Ela também olhou para mim com ternura, talvez um pouco magoada por eu não tê-la solicitado mais. E perguntou:

— Que tal um absorvente externo?

— Lisa Selin Davis, Brooklyn, NY

Lisa é a autora de um romance, Belly, *e jornalista freelancer. Ela escreve sobre imóveis, arquitetura e meio ambiente para o* New York Times, *a revista* New York, *a revista* Grist, *para a Brownstoner.com e outras publicações.*

Yodelay Uh-oh, 1982

Perdoem-me, mas eu estava usando macacão — do tipo maquinista de trem da loja OshKosh B'Gosh — e uma bandana cor-de-rosa na cabeça. Acabara de fazer 12 anos naquele verão, mas não tinha sequer um vestígio de seios e minha mãe ainda trançava meu longo cabelo louro. Eu estava passeando com nossos dois bodes com coleiras de cachorro no jardim gramado da casa de veraneio da minha família no leste do Canadá — uma verdadeira Heidi. O ar tinha cheiro de feno recém-cortado. Eu podia ver minha mãe através da grande janela da cozinha, fazendo para si uma salada da Dieta de Beverly Hills. Ela havia chegado a 46 quilos. Eu estava cantando sozinha. *Karma chameleon. With a rebel yell*. Eu não era nem um camaleão nem uma rebelde… ainda. Mas havia beijado meninos. E roubado um picolé. Eu tinha um jeans de veludo verde justo da Gloria Vanderbilt e um casaco de pele falso. Até já havia ficado bêbada uma vez. Eu tinha potencial.

Os bodes estavam me puxando na direção do arbusto de lilases, que era estritamente fora dos meus limites, quando a senti, quente e pegajosa, na minha calcinha. Eu havia lido *Are you there, God? It's me, Margaret*. Havia até experimentado um daqueles absorventes gigantescos que eles fornecem em aviões. Eu questionara as garotas mais velhas na escola. Eu sabia o que era aquilo. Sabia até onde minha mãe guardava os absorventes internos. Corri para dentro de casa.

Nossa professora de educação sexual, que por acaso era a esposa do psiquiatra da minha mãe, havia demonstrado como funciona um absorvente interno tirando-o do aplicador e introduzindo-o em uma garrafa de água. As instruções do lado da caixa de OB pareciam complicadas e exigiam movimentos demais dos dedos. Onde estava o aplicador?

— Mamãe? — berrei, meu rosto vermelho de vergonha. Eu não conseguia me lembrar da última vez que a chamara para o banheiro. Nos últimos tempos, passara muito tempo tentando mantê-la *fora*.

— Ah! — suspirou ela quando lhe mostrei minha calcinha suja de sangue ralo. — Bem, droga. Você sabe o que é isso, não sabe?

Eu revirei os olhos. Ela pegou a caixa de OB.

— Isso não vai funcionar — interrompi.

— Bem — disse alegremente. — Acho que vamos ter que ir às compras! — Ela procurou embaixo da pia e encontrou um pacote quase vazio de protetores de calcinha. Então, buscou uma calcinha limpa para mim e foi contar para o meu pai.

Quando me sentei para jantar, meu pai expressou sua chateação por ter que ficar a maior parte do dia seguinte fora. Ele queria pegar nossa lancha e fazer um piquenique. Mas as lojas mais próximas ficavam a mais de uma hora de distância e, se tivéssemos que ir, era melhor aproveitarmos ao máximo, comprando comida no SaveEasy e roupas na Zellers, a única loja de roupas na cidade.

— Não pode simplesmente enfiar um trapo ou uma toalha velha lá? — perguntou meu pai.

Nem é preciso dizer que fomos às compras.

— Cecily von Ziegesar, Brooklyn, NY

Cecily von Ziegesar é autora das séries It Girl *e* Gossip Girl, *sendo que a última virou um programa de TV extremamente viciante. Cecily tem dois filhos e um gato chamado Pony Boy que está ficando careca.*

O vestido branco, 1971

Fiquei menstruada muito tarde — 15 ou 16 — e estava começando a ficar preocupada, já que todas as minhas amigas já menstruavam havia muitos anos. Uma vez tive um sangramento muito leve e pensei: "Está bem, é isso!" Mas aí não veio nada durante meses. Mamãe ligou para o médico e ele disse que viria quando fosse a hora. (Ninguém nem pensou em eu ser sexualmente ativa — eu não era, mas *ninguém* nem pensou nisso!!!)

No verão, entre o meu penúltimo e o último ano no ensino médio, fui para a Europa estudar francês. Era a primeira vez que viajava de avião. Tive que voar de Cleveland para Nova York e então para Roma. Mal havíamos levantado voo e eu senti algo jorrar. Jorrar mesmo! Fiquei envergonhadíssima. Estava usando um vestido branco de verão e felizmente tinha um suéter comigo. Esperei todo mundo sair do avião em Nova York e então amarrei o suéter em volta de mim e fugi. Havia sangue no assento e tudo o mais, mas não falei nada porque estava envergonhada demais. Minha mãe havia me feito botar uma muda de roupa na minha bagagem de mão e alguns absorventes (já que os da Europa naquela época eram horríveis. "Só para garantir", disse ela). Graças a Deus ela fez isso. Fui ao banheiro e me troquei, mas não podia fazer nada quanto ao vestido. Quando enfim cheguei a Roma — 16 horas depois — tentei lavá-lo na pia, mas não tive sorte, então o embolei em um canto da minha mala.

Após Roma e Paris, eu devia morar com uma família francesa por um mês. Cheguei em casa depois do meu primeiro dia de aula e descobri que todas as minhas roupas haviam sido lavadas. O vestido estava imaculado! Ainda não sei como minha mãe de acolhimento fez. E fiquei envergonhada demais para dizer qualquer coisa a não ser obrigada por lavar minha roupa.

— Kathi Kovacic, Cleveland, OH

Kathi Kovacic é bibliotecária aposentada.

Na frente do quadro-negro, 1979

Eu tinha 13 anos, era alta e esguia. Acabara de passar pelos exames rotineiros para admissão no ensino médio. Os resultados ainda não haviam sido divulgados e o ano letivo ainda não terminara, então os professores organizaram aulas preparatórias para o ensino médio. Os meninos da minha sala me descreveram como arrogante e orgulhosa e disseram que eu adorava passar o tempo com eles. Isso acontecia porque eu estava sempre entre os alunos em melhor colocação ou na segunda melhor colocação, o que os enfurecia. Eu tinha consciência da minha superioridade acadêmica em relação a eles, então também era meio agressiva, mas minha primeira menstruação me deixaria humilde.

Usando meu uniforme escolar roxo bem-passado, a professora da turma me pediu para ir ao quadro-negro resolver um problema de matemática. Sem fazer a menor ideia sobre a grande mancha marrom-escura na parte de trás do meu vestido, andei desafiadoramente, como sempre, para exibir minha perspicácia matemática. Ouvi risadinhas, que ficaram mais altas, e então uma gargalhada estrondosa. Eu me virei e alguém apontou para a parte de trás do meu vestido. Eu virei e lá estava.

Achei que estava doente e morrendo. Corri para o banheiro e fiquei ainda mais horrorizada. Aquela foi a primeira vez na vida que eu soube que algo assim existia e fazia parte da condição feminina. Ninguém jamais me dissera nada a respeito. Eu simplesmente caí em prantos. Eu estava com medo. Amarrei um cardigã em volta da cintura e fui para casa chorando, contei para a minha mãe e adivinhem? Ela me encaminhou para minha irmã mais velha, que não explicou o que estava acontecendo, mas me deu um enorme absorvente. Ela me disse, porém, que eu devia esperar essa experiência todo mês. Também me advertiu que, agora que eu havia ficado menstruada, uma relação sexual iria me engravidar!

E adivinhem o que mais? Os meninos na minha turma e as meninas que ainda não haviam tido a experiência me provocaram muito nos dias que se seguiram. Conclusão? Eu era uma menina má por ter vazado sangue das minhas partes privadas!

— Emilia Arthur, Accra, Gana

Em 2004, Emilia Arthur concorreu ao Parlamento em Gana. Hoje é diretora de uma ONG chamada Integrated Action for Development Initiative, que trabalha para incrementar o desenvolvimento local.

Se os homens menstruassem

Uma minoria branca do mundo passou séculos nos fazendo pensar que uma pele branca torna as pessoas superiores — apesar de a única coisa que realmente faz é nos tornar mais sujeitos aos raios ultravioleta e às rugas. Seres humanos do sexo masculino estabeleceram culturas inteiras em torno da ideia de que a inveja do pênis é "natural" às mulheres — apesar de se poder dizer que ter um órgão tão desprotegido deixa os homens vulneráveis e o poder de dar à luz faz com que a inveja do útero seja no mínimo tão lógica quanto.

Resumindo, as características dos poderosos, a despeito de quem sejam, são consideradas melhores que as características dos indefesos — e a lógica não tem nada a ver com isso.

O que aconteceria, por exemplo, se subitamente, magicamente, os homens pudessem menstruar e as mulheres não?

A resposta está clara — a menstruação se tornaria um acontecimento masculino invejável e digno de ostentação:

Os homens ficariam se gabando do tempo e da quantidade da menstruação.

Os meninos marcariam o início das regras, aquela tão ansiada prova de masculinidade, com rituais religiosos e festas só para homens.

O Congresso fundaria um Instituto Nacional de Dismenorreia para ajudar a suprimir o desconforto mensal.

Suprimentos sanitários seriam custeados pelo governo federal e distribuídos gratuitamente. (É claro que alguns homens ainda pagariam pelo prestígio de marcas comerciais como Absorventes Internos Tiger Woods, Absorvente Exterminador do Arnold Schwarzenegger, Protetores Michael Phelps — "Para aqueles dias de fluxo leve". Sem dúvida, Tampax se tornaria o Absorvente Interno Oficial da Equipe Olímpica de Natação Masculina.)

Militares, políticos de direita e fundamentalistas religiosos citariam menstruação ("ho-mens-truação") como prova de que apenas os homens poderiam servir ao Exército ("você tem que dar sangue para tirar sangue"), ocupar cargos políticos ("as mulheres podem ser agressivas sem esse ciclo constante regido pelo planeta Marte?"), ser padres ou pastores ("como uma mulher pode dar seu sangue pelos nossos pecados?") ou rabinos ("sem a perda mensal das impurezas, as mulheres permanecem sujas").

Radicais, políticos de esquerda, místicos, no entanto, insistiriam que as mulheres são iguais, apenas diferentes, e que qualquer mulher pode se juntar a eles se estiver disposta a se autoinfligir um grande ferimento todos os meses ("você TEM que dar sangue pela revolução"), reconhecer a preeminência das questões menstruais ou subordinar sua individualidade a todos os homens em seu Círculo de Iluminação. Os caras na rua iam se vangloriar ("Eu sou um cara de três absorventes") ou responder a elogios de um amigo ("Cara, você está bem!") fazendo sinal positivo e dizendo: "É, cara, eu estou de chico!" Programas de TV tratariam longamente do assunto. (*A palavra com M* quebraria o tabu ao tratar exclusivamente do assunto. *Law & Order* teria uma fonte infinita de DNA, *Mad Men* satirizaria os velhos tempos antes dos absorventes internos e todos aqueles vampiros modernos da HBO — bem, preciso dizer mais?) Assim como os jornais (SUSTO COM TUBARÃO AMEAÇA HOMENS MENSTRUADOS. JUIZ CITA ESTRESSE MENSAL NO PERDÃO A UM ESTUPRADOR. TERRORISMO LUNAR. HILLARY CLINTON: OS ESTADOS UNIDOS ESTÃO PRONTOS PARA UM PRESIDENTE SEM SANGUE?) E filmes (*Irmãos de sangue*, estrelado por George Clooney e Brad Pitt, e *O poderoso chefão III: Menopausa*). Sem mencionar uma internet cheia de salas de bate-papo da lua, blogueiros que postam sobre cólicas e caras pesquisando os ricos e famosos no Google para descobrir quem está menstruando ao mesmo tempo.

Os homens convenceriam as mulheres de que o coito era mais prazeroso "naquela época do mês". Diriam que as lésbicas têm medo de sangue e portanto da vida em si — embora provavelmente apenas precisassem de um bom homem que menstruasse.

É claro que os intelectuais ofereceriam os argumentos mais morais e lógicos. Como uma mulher poderia dominar qualquer disciplina que exigisse uma noção de tempo, espaço, matemática ou medidas, por exemplo, sem aquele dom embutido para medir os ciclos da lua e dos planetas — e assim sendo medir qualquer coisa que fosse? Nos campos rarefeitos da filosofia e da religião, as mulheres poderiam compensar por lhes faltar o ritmo do universo? Ou por sua falta de morte e ressurreição simbólica todos os meses?

Liberais de todos os campos tentariam ser gentis: o fato de "essas pessoas" não terem o dom de medir a vida ou se conectar ao universo, os liberais explicariam, devia ser punição suficiente.

E como as mulheres seriam treinadas para reagir? Pode-se imaginar mulheres tradicionais concordando com todos os argumentos com um masoquismo convicto e sorridente. ("O ERA forçaria as donas de casa a se ferir todos os meses", Phyllis Schlafly. "O sangue do seu marido é tão sagrado quanto o de Jesus — e tão *sexy* também!", Sarah Palin.) Reformistas e Abelhas Rainhas tentariam imitar os homens e fingiriam ter um ciclo mensal. Todas as feministas explicariam infinitamente que os homens também precisavam ser liberados da falsa ideia da agressividade de Marte, assim como as mulheres precisavam escapar das amarras da inveja das regras. Feministas radicais acrescentariam que essa opressão dos não menstruais era o padrão para todas as outras opressões. ("Vampiros foram os primeiros combatentes da liberdade!") Feministas culturais desenvolveriam imagens sem sangue na arte e na literatura. Feministas socialistas insistiriam que apenas sob o capitalismo os homens conseguiriam monopolizar o sangue menstrual...

Na realidade, se os homens pudessem menstruar, as justificativas do poder provavelmente poderiam continuar para sempre.

Se nós deixássemos.

— Gloria Steinem, Nova York, NY

Gloria é uma das feministas mais renomadas do século XX. Ela fundou o Fórum Político Nacional das Mulheres, entre outras organizações. É autora de Outrageous acts and everyday rebellions.*

---

*A srta. Steinem atualizou seu ensaio para *Meu livrinho vermelho*. O ensaio originalmente foi publicado na revista Ms. (1978), publicação que ela também fundou.

Uma poça, 1991

Fiquei menstruada quando estava no sétimo ano. De manhã havia um único ponto vermelho acastanhado no meio da minha calcinha. Fico envergonhada. Chateada. Quando finalmente chego à escola, minha menstruação está pesada. Em uma hora o absorvente está encharcado. Dentro do meu armário, mantenho estoques de quadrados cor-de-rosa macios embrulhados em plástico. Enfio-os na bolsa um de cada vez quando ninguém está olhando. Eles fazem barulho ao lado do meu protetor labial e chave de casa.

Na aula de inglês, ouvindo a professora esboçar uma frase, eu posso sentir. O sangue entre as minhas coxas corre e enche o absorvente, a viscosidade molhada quente e esguichante. Fico sentada bem imóvel, com as coxas pressionadas. Faltam vinte minutos para a aula acabar. Não há leitura silenciosa hoje, então não posso ter autorização para ir ao banheiro e trocar o absorvente. Fico olhando para o meu caderno enquanto enrolo os dedos em torno da beirada da carteira de plástico, tentando evitar qualquer chiclete. Deslizo os dedos pelo metal frio do braço da cadeira e me concentro nisso em vez de nas minhas regras. Não há chance de eu sair. Todos os meus absorventes estão na minha bolsa. Todo mundo vai saber por que estou levando minha bolsa comigo para o banheiro quando eu me levantar. Ela é tão nojenta, eles vão pensar. Eca, olhe para ela. Ponha uma rolha, vão gritar para mim.

Mudo de posição no assento e então olho, olho entre as minhas pernas para ver se alguma coisa caiu na cadeira, e caiu. Há sangue na cadeira! Tenho lenços de papel e, quando ninguém está olhando, eu o escorrego por baixo das minhas coxas. Tento fazer minha menstruação parar com o pensamento. Aperto as minhas entranhas, mas sinto o sangue vazar e escorrer. Começo a repetir: pare, pare, pare, pare. Fechando os olhos, imagino os pequenos vasos se contraindo e fechando a boca ou que o meu corpo é como uma torneira e só o que tenho que fazer é fechá-la. Faço isso na minha cabeça, virando cada vez mais com força para fechar. Mas só o que vejo é o sangue espirrando para todos os lados. Faltam dez minutos. Há sangue no lenço de papel. Há sangue molhado na parte de cima dos meus jeans. Molhado. Afasto meus dedos ensanguentados. E aí o sinal toca e eu lentamente arrumo os livros na minha carteira. Fico enrolando enquanto a turma inteira sai. E então me levanto e olho para o sangue na cadeira de plástico. Eu corro para a mesa da professora e digo a ela que deixei uma poça.

— Laura Madeline Wiseman, Arizona

Laura é estudante universitária e ativista comunitária.

Fora do armário, 1968

Há muitos anos, escrevi um livro sobre a minha vida, incluindo a história do que aconteceu quando eu era garota, na infância. Quando esse livro foi publicado, várias pessoas cuja profissão é ler os livros das outras pessoas e dizer o que pensam sobre eles me ofereceram a opinião de que eu cometera um terrível crime ao escrever como havia escrito. De todas as palavras da língua inglesa, havia uma, mais do que qualquer outra, que esses críticos e fornecedores de opinião escolheram para aplicar à minha escrita e, mais do que isso, a mim como ser humano, por ter escrito como havia feito no meu livro — a saber, por ter dito a verdade. Essa palavra era "desavergonhada". Entendi, pelo resto do que essas pessoas escreveram, que isso devia ser uma coisa ruim.

Eu estava na faixa dos 40 anos quando publiquei esse meu livro desavergonhado, a história da minha vida. Meus três filhos eram adolescentes, minha filha tinha mais ou menos a mesma idade que eu quando muitas das experiências que formaram algumas das partes mais duras da minha história aconteceram. Lembro-me de pensar como era estranho que eu, de todas as pessoas, tivesse sido rotulada como uma mulher sem vergonha — porque, mais do que a maioria das garotas que eu conhecia, cresci sentindo muita vergonha. Eu sabia por experiência pessoal como era para uma pessoa passar seus dias com medo de que outras pessoas — até mesmo pessoas de quem ela gostava e com quem se preocupava — pudessem descobrir quem ela realmente era.

Relembrando agora todos os aspectos da minha vida que costumavam me envergonhar, percebo um fator curioso: nenhuma das coisas que faziam que me sentisse assim — o fato de meu pai ser alcoólatra, o fato da minha mãe ser diferente das mães das outras pessoas, o fato de eu ainda ser virgem quando tantas garotas à minha volta não eram — tinha algo a ver com falhas de caráter ou o que eu agora considero comportamento imoral. Eu tinha vergonha simplesmente de ser eu mesma. E, entre as muitas coisas que me causavam vergonha, uma das piores era a minha menstruação.

Eu sabia que ela viria. Todas as outras meninas da minha turma já haviam ficado menstruadas. Na verdade, antes de eu começar a ter vergonha de ficar menstruada, eu tinha vergonha de não ficar. Eu tinha 14 anos: dois anos haviam se passado desde que a professora de educação física nos mostrara o filme sobre menstruação e quase tanto tempo desde que a minha melhor amiga, Becky, começara a carregar absorventes higiênicos na bolsa e a usar sutiã. Eu, sozinha entre as meninas, ainda usava uma camiseta por baixo da blusa que eu tentava esconder fazendo um grande esforço para chegar ao vestiário antes de qualquer uma para poder me trocar na cabine do banheiro. Na verdade, meus seios haviam começado a se desenvolver um pouco, mas minha mãe não parecia ter percebido ou ter feito alguma coisa a respeito e eu tinha vergonha demais — aí está essa palavra de novo — para perguntar a ela se podíamos comprar um sutiã para mim. Eu tinha vergonha demais para dizer a palavra "sutiã". Que dirá "menstruação" ou "fluxo".

Aí aconteceu: sangue na minha calcinha. A essa altura, minha irmã mais velha já havia saído de casa e minha mãe não ficava mais menstruada, portanto não havia estoque na nossa casa para resolver a situação. E, para obter ajuda, eu teria que dizer o que havia acontecido. Inimaginável. Vergonha de novo.

Andei de bicicleta até a cidade onde morávamos e entrei na loja. Mas como eu ia tirar o pacote da prateleira, carregá-lo até a frente da loja, encarar a caixa, pagar e observar enquanto ela colocava dentro do saco? (Eu teria que escolher um caixa operado por uma mulher, no mínimo. Ter que revelar para um homem ou um menino essa minha necessidade terrível e vergonhosa teria sido insuportável).

Minha missão era muito difícil. Tentei esconder ou pelo menos camuflar a natureza do que eu estava fazendo colocando vários outros itens na minha cesta junto com os absorventes: um lápis, um tubo de pasta de dente, um caderno, grampos de cabelo. Ainda assim, não havia como esconder a caixa azul.)

Quando cheguei em casa, enfiei o absorvente na calcinha. Mas agora havia um novo problema: como me desfazer dele quando estivesse usado, ensopado com o meu próprio sangue vergonhoso? Se eu o colocasse na lixeira, minha mãe o descobriria. Eu podia levá-lo para a garagem e botar o absorvente usado direto na lata de lixo, mas como passar com ele pelos aposentos sem ser vista? Como explicar o motivo pelo qual eu estava fazendo todas essas viagens até a garagem?

Então embrulhei o absorvente usado em papel higiênico, coloquei-o dentro de um saco de papel pardo — provavelmente o saco da loja onde eu havia comprado os absorventes — e enfiei o negócio todo no fundo do meu armário e, conforme eu usava mais absorventes, eu os botava ali. Quando minha menstruação acabou, em vez de jogar esse saco fora, decidi deixá-lo no armário. E quando minha menstruação voltou, eu acrescentei mais absorventes usados, sempre embrulhados em papel higiênico, aos que estavam lá antes, fazendo um esforço para não olhar muito fundo no saco.

Meses se passaram assim. O saco era grande e meus ciclos eram curtos para que o mesmo saco continuasse a guardar absorventes higiênicos por quase meio ano de menstruações. Eu ainda não havia contado para minha mãe que havia menstruado. Ela não perguntou. O fato de ela não ter perguntado confirmou para mim a crença de que o que acontecia com o meu corpo agora era realmente, profundamente, horrivelmente vergonhoso.

Apesar de não ser tão vergonhoso quanto o que aconteceu depois, no dia em que minha mãe descobriu o saco de velhos absorventes usados e me exibiu seu conteúdo. O sangue estava seco agora. Os absorventes estavam duros de velhice. Insetos agora infestavam os absorventes.

Pensei em não escrever essa última parte da história, porque contar essa parte a vocês me envergonharia, mas aí me lembrei de considerar quem era essa menina que sentia necessidade de esconder seus absorventes higiênicos usados e ensanguentados no armário. Só uma pessoa jovem e assustada, tão pouco à vontade consigo própria que tinha que esconder algo tão natural quanto o que acontecia dentro de seu próprio corpo.

Minha mãe não ficou zangada. Ela não era um monstro nem nada parecido. Pensando agora em como ela lidou mal com a tarefa de guiar a caçula na puberdade e na experiência da menarca, só posso adivinhar que sua própria vergonha estava na raiz do problema. Eu não sabia disso na época, mas anos mais tarde — quando então conseguimos conversar a respeito — ela me disse que, depois do meu parto, quando tinha 31 anos, ela não menstruou mais por 20 anos, até ter voltado a menstruar, ao se separar do meu pai. Quando ela finalmente se tornou feliz.

Então ela descobriu sobre a minha menstruação. Mas ainda faltavam centenas de outras coisas — milhares, milhões — que eu não poderia ter discutido com ela ou com ninguém mais. Palavras que não podia dizer. Perguntas que não podia fazer a ninguém, então vivi com medo e incerteza a respeito das respostas.

Não aconteceu tudo de uma vez, essa minha transformação de menina envergonhada demais para falar a palavra "menstruação" em uma que podia publicar um livro no qual falava verdades íntimas a respeito de coisas que aconteceram com um homem quando ela era jovem, coisas que não deviam ter acontecido, sobre se sentir tão pouco à vontade com seu corpo que quase parou de comer inteiramente e como agora, quando ela comia, enfiava o dedo na garganta depois de comer para eliminar as calorias.

Para mim, eu acho, foi a experiência de virar mãe que me fez saber que não podia permitir que meus filhos vivenciassem o tipo de vergonha que cresci sentindo. Talvez eu tenha exagerado na direção contrária, mas na nossa casa falávamos sobre as coisas. Se algo me deixava constrangida, eu não queria enfiar no fundo do armário. Não queria que meus filhos e minha filha se sentissem como eu me sentia quando era jovem. E a única forma que eu sabia de lhes ensinar que não havia problema em falar a respeito dos assuntos difíceis era fazer isso eu mesma.

Então aí está. Eu sou uma mulher desavergonhada, de acordo com os meus críticos. E sou uma mulher desavergonhada para minha família e meus amigos. E o fato é que eles estão certos em relação a isso. Vou sentir vergonha se magoar alguém que amo. Vou sentir vergonha se não conseguir ser uma boa mãe, uma boa pessoa, uma boa cidadã. Não vou sentir vergonha por sangrar. Ou — agora, 40 anos depois — por parecer ter parado de sangrar. É só a natureza. É só o meu corpo. É só a vida. O que diabos há de tão vergonhoso nisso?

— Joyce Maynard, Mill Valley, CA

Em 1973, Joyce Maynard atraiu a atenção nacional com a publicação de sua história "An eighteen-year-old looks back on life", na revista do New York Times. *Desde então, ela escreveu 11 livros, incluindo as memórias* At home in the world *e o romance* To die for. *Mora parte do tempo no lago de Atitlán, Guatemala, onde dirige a oficina literária Lake Atitlán, e na Califórnia, onde também ensina a arte de fazer torta.*

Manchando o Citroën, 1970

Meus pais e eu morávamos em uma cidadezinha de Oregon e, aos domingos, atravessávamos as montanhas de carro até um bairro nobre de Portland, onde frequentávamos a igreja presbiteriana e visitávamos minha avó idosa.

Após o almoço tardio de domingo na casa da minha avó, entrávamos no nosso carro e voltávamos pelas montanhas, normalmente um percurso de cerca de duas horas. O carro da nossa família era um Citroën, importado da França e cuidadosamente mantido por meu pai. Ele tinha assentos forrados de feltro cinza-claro e a regra era que não era permitido comer ou beber dentro do carro em momento algum. Quando fui ao banheiro antes de sair da casa, descobri que minha primeira menstruação tinha vindo, e, por ser tímida e envergonhada, decidi não contar a ninguém a respeito até estar sã e salva em casa (onde eu sabia que os suprimentos necessários estavam guardados na gaveta de baixo da minha cômoda). Tentei me empoleirar na beirada do assento, pois estava horrorizada de poder encontrar uma grande mancha vermelha quando saltasse do carro. Infelizmente, nessa viagem em particular, nosso confiável veículo de família decidiu quebrar mais ou menos na metade do caminho para casa. Não havia postos de gasolina ou nenhum outro sinal de civilização em nenhum lugar por perto, já que estávamos perto do topo do desfiladeiro da montanha. Meu pai descobriu que o problema tinha algo a ver com o radiador, então desceu a pé até o córrego para pegar água suficiente para chegarmos em casa. Isso, é claro, pareceu levar uma eternidade, e eu estava começando a entrar em pânico, já que não fazia ideia da quantidade de sangue em questão na primeira menstruação de uma pessoa.

Finalmente conseguimos voltar para a estrada e estávamos em casa no começo da noite. Fiquei tão aliviada quando saí do carro e não achei nenhuma mancha no assento nem nas minhas roupas de domingo! Fui direto para o meu quarto e coloquei um absorvente que parecia ter trinta centímetros de comprimento e uns cinco de espessura — isso foi antes da invenção de tiras adesivas em absorventes higiênicos, então deu um certo trabalho descobrir como funcionava o sistema de cinta —, e enfim reuni coragem para contar à minha mãe o que havia acontecido. Por sorte, ela não fez um grande estardalhaço, apesar de, na minha lembrança, ter dito aquelas famosas palavras: "Você agora é uma mulher!"

— Catherine Johnson-Roehr, Bloomington, IN

Catherine foi criada em Tilemook, Oregon, e agora vive em Bloomington com sua parceira, Susan. Ela é a curadora de arte, artefatos e fotografias para o Instituto Kinsey para Pesquisa de Sexo, Gênero e Reprodução na Universidade de Indiana.

Molho de *cranberry*, 1993

"É a tradição." Parecia que, quando minha mãe não conseguia inventar um motivo convincente e fascinante para reforçar alguma coisa, aquilo era rapidamente atribuído à tradição. (Estranhamente, nenhum dos meus parentes conhecia as nossas "tradições"!)

Uma dessas nasceu numa manhã de Ação de Graças, quando eu tinha cerca de 6 anos. Minha mãe preparava um grande banquete e estava um pouco atrasada. Ela me mandou parar de seguir meu irmão mais velho pela casa e uma tradição nasceu — a inegavelmente importante tarefa de fazer o molho de *cranberry*. Se vocês já fizeram molho de *cranberry*, sabem que não é tão difícil, e a tarefa portanto era ideal para ser considerada o trabalho tradicional da filha no Dia de Ação de Graças.

Alguns anos depois de estabelecida essa tradição, servi uma porção especial de molho de *cranberry*. Eu havia acabado de fazer 11 anos e estava ocupada mexendo os *cranberries* no fogão quando tive uma necessidade súbita de ir ao banheiro. Gritei para qualquer um ir olhar o molho de *cranberry* porque eu estava apertadíssima. E, com isso, parti.

Puxei minha calça para baixo e sentei imediatamente. Estava quase ficando aliviada quando olhei para minha calcinha. Lá estava. Mas não fazia o menor sentido! Eu gritei alto: "Mamããããeeee...! Tem algum jeito de o molho de *cranberry* ter entrado na minha calcinha?!" Enquanto esperava que ela me respondesse, fiquei olhando horrorizada, me dando conta de que molho de *cranberry* manchava.

— O que foi?! — gritou ela de volta, confusa. Eu repeti minha pergunta desesperada e dessa vez não houve resposta. Em vez disso, ela veio correndo para o banheiro com nossa alegre empregada jamaicana a reboque, com olhos bem arregalados e cintilantes.

— Isso não é molho de *cranberry*! — exclamou mamãe. — Isso é a sua menstruação. Você ficou menstruada! — As duas estavam bem na minha frente, apertadas nesse banheiro minúsculo, do tamanho de um cubículo, e pairavam acima da evidência que estava puxada até os meus joelhos.

Eu olhei para a mancha de novo.

— Tenho que terminar o molho de *cranberry* — disse e puxei minha calça para cima para ir de volta para a cozinha. Elas ficaram logo atrás de mim.

— Querida! Não posso acreditar. Você está tão crescida. Estou tão orgulhosa de você... o que está fazendo?

— Mexendo — disse.

— Hum, hum, bem... na verdade, o molho de *cranberry* me parece pronto. Vamos desligar o fogo e ir para o meu banheiro para eu poder lhe mostrar como se usa o absorvente interno — sugeriu minha mãe.

Eu a segui até seu banheiro.

Ela estava estranhamente feliz e entusiasmada a respeito disso, eu achei, enquanto tirava os vidros de perfume de cima de sua bandeja espelhada e os colocava no chão na frente da privada. Ela me mandou ficar em cima, apontou para o espelho e explicou tudo que eu precisaria saber (e mais). O que eu vi no espelho era assustador, mas bacana. Havia muito mais no meu corpo do que eu havia pensado, mas com sua excelente explicação, não foi tão difícil. Antes que me desse conta, eu tinha um barbantezinho branco pendurado igual ao que eu havia visto minha mãe ter. Eu me sentia tão grande sendo igual a ela!

Naquela noite no jantar de Ação de Graças com toda a nossa família e nossos amigos, minha mãe começou o brinde:

— O molho de *cranberry* deste ano tem ainda mais tradição do que o de qualquer outro ano.

— Barclay Rachael Gang, Miami, FL

Barclay se formou em psicologia pela Universidade Tufts e atualmente faz doutorado em neuropsicologia em Miami.

Tsihabuhkai, 1962

Tsihabuhkai é a palavra tribal comanche para menstruação, menstrual, menstruar ou período menstrual. Essa definição é muito mais do que eu sabia aos 14 anos, quando minha menarca chegou. Minha menstruação já devia ter vindo fazia muito tempo; a maioria das meninas do primeiro ano haviam ficado menstruadas dois anos antes, no sétimo ano. E eu menti para minhas amigas do Central Junior High School que perguntaram se eu já tinha ficado menstruada. Além de ficar muito inibida pelo fato de ainda não ter ficado, eu sentia que elas discutiam abertamente um assunto que eu achava particular demais. Em 1962, quando eu tinha 14 anos, as mulheres comanches raramente discutiam assuntos pessoais, como menstruação; não fora da família e certamente não com aqueles de fora da nossa cultura.

Minha mãe não havia discutido o tópico comigo antes de a minha menstruação chegar. Ela disse: "Achei que sua prima lhe havia contado tudo sobre isso." Ela também assinara uma carta de autorização da escola quando eu estava no sexto ano dando à enfermeira da escola permissão para discutir o tópico com as meninas. Quem no primeiro ano se lembra do que ouviram em aula três anos antes? Eu certamente não me lembrava. Estava despreparada para as mudanças na minha vida e no meu corpo no dia em que minha menstruação chegou.

Havíamos transferido nossa casa para um grande lote comanche no campo que meu pai herdara de seu tio James Maddox. Seu tio nunca havia se casado ou tido filhos, mas era próximo do meu pai e deixou para ele terras a 11 quilômetros de Lawton, Oklahoma. Eu estava no primeiro ano e achei que a minha vida havia acabado. Como veria meus amigos? Como eles poderiam me visitar? Estávamos deixando para trás a Missão Amarela Comanche, uma comunidade de famílias e crianças comanches. Eu conhecia todo mundo na comunidadezinha da Igreja Reformada como se fossem meus parentes. Meu pai trabalhava na Agência de Conservação de Solo e Umidade do Escritório de Assuntos Indígenas; e minha mãe, no Hospital Indígena de Serviço de Saúde Pública dos Estados Unidos, como costureira. Era incomum na nossa comunidade uma mulher trabalhar fora de casa. E eu era uma "menininha do papai", apesar de alguns poderem me descrever como uma moleca. Passava todo o meu tempo livre com meu pai. Nós pescávamos, íamos ao cinema e trabalhávamos em sua marcenaria juntos, então eu era mais próxima dele do que da minha mãe. Mas tudo mudou quando minha menstruação chegou.

Nossa casa transplantada ainda não tinha luz elétrica e usávamos lampiões de querosene. Nosso banheiro era do lado de fora e ficava a alguma distância da nossa casa. É claro que era nessa hora que minha menstruação, havia muito atrasada, viria! Lembro-me de ter sentado na casinha e sentir que algo não estava certo. Verifiquei minha calcinha e vi a mancha de sangue. Fiquei imaginando se estava machucada — aí eu me lembrei. Sorri para mim mesma — havia chegado. Enfim minha menstruação havia chegado. Eu era normal, no fim das contas. Eu me limpei e corri para contar à minha mãe. Ela pareceu feliz. Perguntou-me o que eu sabia. Pareceu genuinamente surpresa com a minha desinformação. Ela perguntou sobre a aula e o que eles haviam me dito. Eu lhe disse que não conseguia me lembrar de nada. Ela me ajudou com os incômodos absorventes e me ensinou a usá-los e jogá-los fora com privacidade e discrição. Falou-me de sua própria experiência. Parecia que minha mãe e eu tínhamos um laço especial. Ela me disse, com uma risada, para não discutir isso com meu pai. Eu me senti mais próxima dela do que jamais me sentira. Minha mãe me contou que sua menstruação chegara durante um desfile em Walters, Oklahoma. Ela estava cavalgando no desfile e usando um lindo vestido comanche de camurça. Ficou envergonhadíssima e o vestido completamente arruinado! Ela me disse que eu era "sortuda" por ter ficado menstruada em casa. Depois desse dia, passei a ficar cada vez menos tempo com o meu pai, em nossas atividades, e mais tempo com a minha mãe.

Hoje, tenho 57 anos e, mais uma vez, não fico menstruada. Essa é a história da minha menstruação e estou partilhando-a com vocês porque são novos tempos. A chegada da nossa Tsihabuhkai é um momento especial — digna de comemoração.

— Juanita Pahdopony, Lawton, OK

Juanita é associada da Nação Comanche e professora adjunta do Comanche Nation College.

O sonho, 1994

Não me lembro da primeira vez em que fui informada a respeito de menstruação e o que isso significava, mas me recordo de saber algum tempo antes do meu primeiro sangramento que ela marcava a capacidade física de gerar filhos. Isso me entusiasmava porque me fazia sentir mais velha e mais responsável.

Eu frequentava a Escola Marin Waldorf na época da minha primeira menstruação. Além do currículo escolar, a administração e o corpo docente montaram o festival "Entrando na Puberdade", que incluía os pais e seus filhos. Nesse festival, discutimos assuntos sobre crescimento, tais como ciclos menstruais e outros. Foi então que fui apresentada aos absorventes de pano. Apesar de eu obviamente não saber todos os detalhes sobre o que era menstruação naquele momento, amei! Amei a ideia de ter algo para reutilizar em vez de todo o lixo de papel e plástico por aí e me senti fortalecida como mulher para fazer alguma coisa de bom nessa área.

Então, uma noite, tive esse sonho incrível sobre estar grávida de uma força invisível. Finalmente entrei em trabalho de parto e tive um bebê... aí outro... e outro... mais um... e outro — cinco no total! Fiquei muito impressionada pelo meu corpo poder fazer tal coisa e aí os bebês simplesmente começaram a eclodir de uma maneira incontrolável com um número infinito de bebês. Isso me assustou muito, mas me entusiasmou também, a ponto de eu acordar e descobrir que estava dormindo no próprio sangue da minha primeira menstruação.

— Annie Sherman, Chico, CA

Annie Sherman foi criada em Somona, Califórnia, e se formou pela California State University, em Chico, em ciências sociais. Participou ativamente do Centro para Mulheres no campus e quer seguir uma carreira de suas paixões — arte, música e ajudar as pessoas e o meio ambiente.

Operação menstruação!, 1998

Era o verão anterior à minha entrada no ensino médio e eu tinha 14 anos. Para minha melhor amiga, Sheena, e para mim, era como se fôssemos as últimas a ficar menstruadas; estávamos ansiosas para finalmente virarmos "mulheres".

Minha mãe havia se sentado comigo anos antes para conversar sobre a minha menstruação e seu significado; foi uma conversa totalmente positiva. Eu soube que tanto ela quanto minha avó haviam ficado menstruadas por volta dos 14 anos de idade, portanto eu estava esperando pacientemente.

Sheena e eu havíamos aprendido a respeito de absorventes internos e absorventes extragrandes em nossos anos de aula de Saúde e até praticamos usá-los, já prevendo o grande dia. Queríamos muito comentar, como muitas de nossas amigas faziam, a respeito do conforto e da conveniência desses produtos, então esperamos.

Um mês antes do início das aulas estávamos desesperadas.

O que faríamos no vestiário quando as garotas estivessem exibindo seus absorventes internos antes da nossa aula de natação ou na aula de Saúde, quando nossas amigas descrevessem a dor excruciante que suas cólicas menstruais produziam? Nós *precisávamos* das nossas menstruações *agora*!

Pensamos em um plano, apesar de eu não saber de quem realmente partiu a ideia.

Minha mãe estava tomando pílula anticoncepcional, e nós havíamos aprendido que, quando você toma pílula, não fica menstruada, mas que quando para de tomar, *voilá*, sua menstruação chega. Nosso plano era tirar discretamente duas pílulas da cartela da minha mãe e tomar uma cada uma. Esperávamos que alguns dias depois nossa menstruação chegasse. Era um plano perfeito!

Afinal, reunimos coragem para entrar às escondidas no banheiro da minha mãe e procurar as pílulas nas gavetas. Ela estava no trabalho o dia inteiro e tínhamos muito tempo. Mas nosso plano infelizmente fracassou. Quando encontramos as pílulas, descobrimos que cada uma era destinada a um dia da semana e que não havia maneira de pegar duas sem ela saber. Teríamos que começar as aulas como garotas sem menstruação.

Alguns meses depois, Sheena ficou menstruada e eu fiquei esperando sozinha. Só três dias antes do meu aniversário de 15 anos minha menstruação chegou — eu fiquei eufórica. Fiquei no sétimo céu por uma semana depois e orgulhosamente guardei uma caixa de absorventes internos no meu armário na escola.

Anos depois ainda me lembro de como estávamos ansiosas e de como eu fiquei entusiasmada quando enfim virei "mulher". Agora percebo que não tinha nada a ver com menstruação.

— Jennifer Asanin Dean, Hamilton, Canadá

Jennifer nasceu e foi criada em Toronto e atualmente é aluna na área de geografia da Saúde na Universidade McMaster. Acabou contando suas aventuras para a mãe e elas agora podem dar risadas juntas.

Folhas esmagadas no Quênia, 2006

A primeira vez que aconteceu, eu estava sozinha em casa porque meus pais estavam na igreja. Fui atingida por uma dor súbita na barriga. Então tomei uns comprimidos para dor de estômago e me deitei. Estranhamente, eles não adiantaram nada e eu não conseguia mais saber de onde estava vindo a dor. Mas, quando fui ao banheiro, descobri o que era.

Não havia ninguém em casa, então tive que dar um jeito sozinha. Quando meus pais chegaram, o que me irritou foi a preocupação de minha mãe. A cada vinte minutos ela vinha me perguntar se eu precisava de mais absorventes e se eu estava bem. Eu estou bem, mamãe. Sou uma mulher agora. Sei o que fazer.

Eu tinha sorte de poder comprar absorventes. Uma coisa diferente sobre a menstruação no Quênia é que, se você não for da classe média ou alta, não vai à escola quando fica menstruada, porque absorventes são muito caros.* As meninas perdem aula durante uma semana inteira e, se a gente perder aula tanto tempo assim, todo

---

*Quando comecei a pesquisar o que estava sendo feito a respeito de as meninas faltarem às aulas na África, descobri que havia um punhado de organizações sem fins lucrativos trabalhando para resolver o problema. Algumas ajudam conseguindo doações de absorventes higiênicos, outras constroem banheiros mais discretos nas escolas para meninas e outros ainda aumentam o número de professoras que se concentram em educação sobre saúde. Por favor, vejam Faça Mais para mais informações. Os direitos deste livro estão ajudando financeiramente o trabalho dessas organizações.

mundo sabe por quê. Faz com que as meninas queiram ainda menos voltar à escola no final da semana. E é tão triste, porque ninguém faz nada para ajudar. A não ser o cara que esmaga plantas que são colocadas na calcinha para ajudar a parar o sangramento. Na verdade, funciona. Mas eu não experimentei.

— Thatcher Mweu, Nairóbi, Quênia

Thatcher joga softball, *tem paixão por* boy bands *dos anos 1990 e nunca tinha visto um absorvente interno antes de vir estudar nos Estados Unidos.*

Onde está a minha cinta?, 1979

Lembro-me claramente da minha primeira menstruação. Apesar de ter lido *Are you there, God? It's me, Margaret*, de Judy Blume, e ter sido advertida repetidamente pela minha mãe a respeito, ainda achei que estava morrendo quando puxei minha calcinha para baixo e vi a mancha cor de ferrugem ali (foi a cor de ferrugem que me deixou confusa. Não era vermelha. Nos livros, sempre é vermelha).

Eu estava no banheiro da casa da minha amiga Laura (era de manhã e eu havia dormido lá), então eu não podia gritar para a minha mãe vir ver. Saí de lá o mais rápido que pude (eu não pude contar para a Laura porque ela só estava no quinto ano; e eu, no sexto, e sabia que ela era jovem demais para ouvir que sua melhor amiga estava morrendo) e consegui sair da casa dela sem chorar, apesar de ter chorado durante todo o caminho para casa (que era do outro lado da rua).

Quando cheguei à minha casa e contei para minha mãe, ela examinou muito calmamente a mancha e disse que era a minha menstruação (apesar de eu insistir que não era porque não era vermelha). Aí ela me entregou um absorvente, do tipo com adesivo, que sai, e eu insisti que era o tipo errado, porque em *Are you there, God? It's me, Margaret* elas tinham do tipo que você prende a cintas que usa em volta da cintura.

Então minha mãe teve que me explicar que o livro que eu lera estava um pouco desatualizado e que eles não faziam mais absorventes para cintas, mas que, se era tão importante para mim, podíamos procurar alguns, embora fosse muito mais fácil prendê-los no fundo da calcinha. Lembro-me de me sentir totalmente ludibriada porque, por algum motivo, eu queria usar uma cinta debaixo das minhas roupas. Eu era uma criança muito esquisita.

O que mais me arrasava era que nenhuma das minhas amigas havia ficado menstruada, portanto eu me sentia uma aberração e achava que não podia conversar com ninguém a respeito disso. Com ninguém mesmo (a não ser a minha mãe, mas isso era constrangedor demais)!

Além disso, absorventes internos me deixavam apavorada, apesar de minha mãe viver empurrando-os para cima de mim. Levei um ano antes de ter coragem de experimentá-los, portanto nada de natação para mim durante o verão se eu estivesse menstruada, e eu também faltava ao balé nesses dias.

E também não carregava absorventes comigo para a escola no primeiro ano em que fiquei menstruada, porque não tinha uma bolsa ou mesmo uma mochila e, mesmo que eu tivesse, não queria admitir que precisava deles. Parece-me impressionante quando penso nisso, mas eu usava o mesmo absorvente o dia inteiro. (Eca! Minha mãe nunca descobriu.)

Finalmente vi uma menina do oitavo ano, presidente do conselho estudantil, a Jill, ir até a máquina de absorventes internos e comprar um absorvente por dez centavos porque ela ficara menstruada na escola. Ela virou a manivela, olhou para mim e falou: "Ficar menstruada na escola não é uma droga?", ou algo assim, e voltou para sua cabine.

Depois disso, percebi que não era algo para ficar envergonhada ou fazer segredo. Também que eu podia *com-*

prar absorventes externos e internos na escola. Então comecei a fazer isso. Também achei que Jill era a garota mais bacana que eu já vira, mesmo quando houve um escândalo enorme entre as meninas da minha turma sobre ela e o fato de a cordinha do seu absorvente ter aparecido na lateral da parte de baixo de seu biquíni durante um evento de arrecadação em que as líderes de torcida lavavam carros. Eu pensei *E daí?* Todas nós usávamos absorventes internos. Até eu, àquela altura.

Apesar disso, só em outra noite no verão seguinte com todas as minhas melhores amigas, quando três delas revelaram que também haviam ficado menstruadas, e só minha melhor amiga que não, eu me senti à vontade o suficiente para falar sobre menstruação abertamente com elas. Inventamos um nome secreto para nossa menstruação — "conchas", porque esse era o símbolo na máquina de absorventes —, o que é incrivelmente idiota, mas nos fez rir como loucas. A não ser pela nossa amiga que não havia ficado. Ela ficou zangada e virou-se para o lado e foi dormir. Tentamos lhe dizer que ela estava exagerando e que ficar menstruada não era tão bom. E não é. Só que agora eu percebo que é.

— Meg Cabot, Bloomington, IN

Meg Cabot é a autora de mais de cinquenta livros, incluindo a série best-seller O diário da princesa. *Meg explica que seu tema global é que seus leitores "não estão sozinhos ao se sentir como eu me sentia quando estava no ensino fundamental e médio — como uma grande monstra! E 'normal' não é o que a gente vê na TV".*

Minha segunda primeira menstruação, 1977

Eu estava sentada debaixo do toldo de madeira que cobria as mesas do refeitório no pátio da escola, observando o portão e rezando. Eram 15h15 de uma bela tarde de abril e o último sinal havia acabado de tocar. A maioria dos garotos saiu pelo portão, carregando lancheiras da Família Dó-Ré-Mi, brincando uns com os outros e correndo. Fiquei sentada à mesa e observei solenemente a entrada, examinando cada figura que se aproximava. Naquele dia, haviam pedido a todas as meninas do quinto ano que ficassem e assistissem a um filme com suas mães. Durante a semana, o filme que seria mostrado fora o principal tópico de fofoca entre nós, meninas. Eu sabia o que vinha pela frente e, enquanto estava sentada, contando as mães das minhas colegas de classe que chegavam, eu desejava que o filme e o constrangimento subjacente fossem as únicas coisas com as quais teria que me preocupar.

Estudei as mulheres passando despreocupadas pelo portão da escola e tentei imaginar como seria ter uma mãe que usasse calças boca de sino com blusas coloridas e coletes compridos de crochê, como aquela. Ou melhor ainda, aqueles jeans de cintura baixa com falsos remendos, cinto largo de vinil em volta de uma cintura minúscula e tamancos Dr. Scholl em pés bronzeados. Ou aquela mãe, com montes de cabelo longo com mechas e joias de prata, e batom claro.

Depois de algum tempo, o fluxo de mães diminuiu para um fiapo. A minha não estava entre as perdidas. A sra. Vernon, a professora da quinta série, saiu e chamou o grupo irrequieto de mães e filhas para dentro a fim de começar a reunião. Suspirei de alívio. Claro, eu queria ter uma mãe normal para comparecer a eventos na escola para eu não me sentir tão deslocada, mas não a minha mãe. Ao virar para subir as escadas de concreto que levavam ao corredor praticamente deserto, olhei de volta para o portão uma última vez. Quando reconheci a mulher baixa, corpulenta e peluda correndo pelo portão, meu plexo solar virou chumbo.

Ela estava usando seu melhor *mumu*, aquele com as orquídeas fluorescentes amarelas e fúcsias, chinelos trançados em seus pés expondo unhas do pé longas e velhas. *Blush* escuro se destacava contra suas bochechas brancas e empoeiradas e seu batom vermelho-sangue parecia giz. Seu cabelo, pintado de um tom de bronze alaranjado, não estava penteado em nenhum estilo discernível, mas preso no lugar com *spray* para cabelo Aqua Net, cujo cheiro podia ser sentido a quatro metros de distância. Uma bolsa bege suja estava apoiada no ombro, uma bolsa que eu sabia que estava imunda com pedaços de tabaco e lápis delineadores velhos. Minha mãe parecia de certa forma equilibrada, apesar de eu saber que não era a melhor pessoa para julgar isso. Qualquer hora em que minha mãe estivesse vestida e fora da cama, ela me parecia relativamente bem.

— *Yoo-hoo* — chamou minha mãe, acenando. A voz alta demais, grossa com aquele sotaque irlandês que demanda atenção, atravessou o *playground*. Por um instante, esperei que a sra. Vernon não percebesse a chegada tardia e eu pudesse entrar sem minha mãe perceber. Talvez ela então desistisse e voltasse para casa.

— Um momento, meninas — disse a sra. Vernon para segurar o grupo. — Temos mais uma mãe chegando.

Entrando no auditório da escola, tentei guiar minha mãe para um assento no canto dos fundos e esperei que o filme e a subsequente escuridão começassem logo. Procurei discretamente por sinais de perigo em potencial: o som da voz dela indicava a influência de inúmeras drogas psicotrópicas, mas suas palavras não estavam emboladas e as mãos não tremiam.

Eu não me lembro muito do filme e da sessão de perguntas e respostas que se seguiu, e sim do desejo de sumir, ser varrida da face da Terra. Minha mãe tentou conversar com as outras mães lá, mães que eu conhecia do grupo de bandeirantes e de excursões, mulheres que minha própria mãe nunca havia encontrado.

Depois do filme sobre menstruação, minha mãe tomou como um sinal de progresso poder discutir essas "coisas de mulher" tão abertamente. Nos dias em que estava se sentindo bem, ela falava de menstruação em termos vivos.

— É um rito de passagem maravilhoso. Não há o que temer — dizia ela encorajadoramente. Baixinho, eu a ouvia resmungar: — Queria que alguém tivesse se dado o trabalho de conversar comigo. — E então em uma voz mais alta. — Mas não faz mal... você vai se tornar uma mulher completa, capaz de ter filhos. Vai se juntar às trincheiras femininas de uma vez por todas. — Minha mãe estava mais animada do que eu com a perspectiva de sua filha virar mulher.

O grande dia chegou quando eu tinha 14 anos de idade e estava no oitavo ano. Minha mãe estava na instituição psiquiátrica estadual em Camarillo, experimentando eletrochoque pela terceira vez. As primeiras duas tentativas aparentemente não haviam dado certo.

Disfarçadamente, procurei nas coisas da minha mãe no armário do banheiro e encontrei a caixa grande de absorventes Kotex volumosos. Durante a semana, eu escondia com cuidado os absorventes usados debaixo de pilhas de lixo nos latões do beco. Nunca contei ao meu pai. Ao voltar para casa da escola um dia antes do retorno de minha mãe, comprei com a minha mesada uma caixa de absorventes para substituir a dela; mamãe nunca notaria a diferença.

Minha mãe lentamente retomou seu remoto papel na família, mais ou menos como um fantasma cuja presença ou ausência mudava o clima da casa, mas cuja fisionomia não podia ser vista. Algumas semanas depois, quando a chamei do banheiro, ela estava na cama, protegida do mundo por seu roupão de banho manchado e vidros de remédio.

— Mamãe — gritei —, venha cá.

Quando ela finalmente chegou até a minha voz, eu assumira expressão de choque e surpresa:

— Olhe! Eu comecei a menstruar.

— Ah, querida — disse ela emocionada, segurando o batente da porta para se apoiar. — Isso é tão especial. Sua primeira menstruação! Deixe que eu lhe mostre o que fazer.

Observei pacientemente enquanto ela demonstrava como colocar os absorventes, como jogá-los fora, o que fazer em caso de ter cólicas.

— Não vai ser tão traumático da próxima vez — garantiu ela.

Na menstruação seguinte, eu havia descoberto como usar absorventes internos e comprara um barbeador para dar cabo de meus desagradáveis pelos embaixo dos braços, outra coisa que mamãe nunca pensou em me falar. Mas eu a deixei pensar que ela fora uma mãe exemplar. Se eu fosse descoberta — o sutiã comprado às escondidas, os absorventes internos, o barbeador —, minha mãe veria essas ações como uma censura. E eu sabia o que normalmente se seguia a isso: outra ida para Camarillo, mais responsabilidades pelos meus irmãos mais novos jogados em cima dos meus ombros, outra situação para eu consertar.

— Bernadette Murphy, Los Angeles, CA

Bernadette é autora de três livros, incluindo Zen e a Arte de tricotar; *ela ministra uma oficina literária no programa MFA da Universidade de Antioquia e trabalha em* Grace Notes, *um romance sobre música, maternidade e loucura.*

Lembrança: Dia 1, 1973

Meu pai abriu os braços como se estivesse abrindo uma cortina.
— Gostou? — perguntou,
com um charuto pendurado em seus lábios. Suas mãos de artista firmemente unidas
depois de aplaudir sua satisfação: — Algo que o seu coroa fez para você.
Pode levá-lo com você
para a faculdade. Quando ficar grande.

Minha mãe desapareceu entre uma panela que batia e água fervendo. — Tenho que contar a ele...
dissera ela quando eu lhe mostrei o absorvente e animadamente
pegou o telefone para discar.
— Sua filha virou mulher hoje — sussurrou ela, uma pequena alegria em sua voz enquanto
partilhavam meu segredo.

Mais tarde, ele chegou em casa com uma caixa, com um sorriso largo como se o negócio que carregava fosse mágico.
Eu ouvi seus xingamentos e suas marteladas alternados durante horas até o som de meias deslizando por cima de madeira perfeitamente lixada substituir sua voz.
Ele saiu lentamente do quarto e gritou meu nome duas vezes, rindo baixinho.

Conforme ele abria os braços, chegou para o lado para mostrar um carvalho tão sólido que a árvore podia ter crescido no canto e convidado seu pai para entalhá-la. Por me amar, ele aceitou a oferta, sem vergonha e sem medo de revelar suas próprias imperfeições. A gaveta de cima era mais baixa do lado esquerdo. Uma maçaneta de latão estava aparafusada torta na segunda gaveta.

Andei na direção do volume que escondia a verdadeira vocação de óleo e carvão em tela do meu pai. Ele polira a madeira até brilhar.
— Estava em liquidação — falou. — Não é perfeita. Mas não é ruim. Quando você ficar grande, talvez se lembre de mim. — Ele respirou fundo. — Você é uma mulher agora. Mas não se esqueça, sempre será minha filha.

— M. Eliza Hamilton Abegunde, Evanston, IL

Abegunde é companheira de Cave Canem e a autora de Wishful thinking, Still breathing *e* What's now unanswerable. *Seu trabalho é publicado em periódicos, incluindo o* Kenyon Review, RHINO *e* nocturnes, *e entrou nas antologias* I feel a little jumpy around you, Knowing stones: poems of exotic places, Beyond the frontier, Catch the fire *e* Jane's stories II. *É integrante da junta de consultores da* RHINO. *Este poema é de uma coletânea em elaboração*, My father's hands.

Um golpe na máquina de absorventes, 1960

Não poderia ter sido uma época mais confusa para mim. Minha melhor amiga estava em algum lugar de Havana — uma excursão rápida e popular para os habitantes da Flórida. Seu pai, então prefeito de Miami, havia levado a família para lá para comemorar o Ano-Novo de 1960. Subitamente, houve notícias de um golpe de Estado quando o ditador Fulgencio Batista foi derrubado pelo jovem revolucionário Fidel Castro. Turistas americanos foram detidos em seus hotéis enquanto balas zuniam pelas ruas. Esse foi o pano de fundo da minha primeira menstruação.

Com seu retorno sã e salva, a história das férias da minha amiga foi muito mais radical do que a minha — a dela como testemunha da história enquanto a minha era elementar e inevitável. Eu havia sido preparada para a chegada da menarca por um filme que vi na escola, e minha mãe também me dera um livro para ler. Ela me forneceu o que pareciam ser absorventes enormes e desconfortáveis e um arreio de elástico. Esse colchão entre as minhas pernas me impedia de andar ereta, e eu logo entendi que absorventes internos devem ter sido inventados para nós, garotas da Flórida, cujas partes de baixo dos biquínis estavam presas às bocas dos cachorrinhos nos *outdoors* da Coppertone por toda a cidade.

Mas eu ainda teria meu momento no centro do palco. Dois meses depois, exilada da minha terra natal e da minha melhor amiga, minha família se mudou para Springfield,

Nova Jersey. Para grande aflição minha e da minha mãe, meu pai havia aceitado um cargo mais alto em uma empresa farmacêutica. Minha terceira menstruação me pegou no vestiário das meninas de uma escola de ensino médio enquanto minhas novas amigas Nancy, Andrea, Anita, Roni, Roberta e Pam observavam espantadas à medida que eu (a garota nova) calmamente ia até a parede e colocava uma moeda na máquina de absorventes higiênicos. Eu sorri enquanto olhava para a surpresa boquiaberta delas. Eu era a primeira desse novo grupo de amigas a precisar de Kotex e, por essa virtude, minha posição estava garantida.

— Linda Lindroth, New Haven, CT

Linda é fotógrafa, curadora independente e coautora de Virtual vintage: the insider's guide to buying and selling fashion online. *É professora adjunta de cultura visual na Universidade de Quinnipiac.*

Cachorro de cabeça para baixo, 2004

Meus pais sempre acharam que conhecimento é poder. Eles nunca tiveram medo de usar palavras difíceis perto de mim e se asseguravam de responder minhas muitas perguntas de uma maneira completa — normalmente com uma lista de livros que eu podia consultar se quisesse ainda mais informações. Então foi bem típico da parte deles que, quando eu comecei a ter peitinhos e a encontrar cabelos em lugares estranhos, me dessem minha própria biblioteca de "manuais do proprietário". Logo, eu já era bastante informada sobre os tópicos de tamanhos de sutiã e "menstruação" (fiquei confusa durante anos com a pronúncia correta, assim como com a da zona "pública", em vez de púbica). Depois de estudar os desenhos da vagina e do útero, eu me sentia bem-preparada para meus supostos primeiros passos para virar mulher.

Mas a minha menstruação não veio naquela época. Pode ser que todas as minhas amigas tenham ficado menstruadas particularmente jovens ou talvez fosse porque eu estava entre as mais jovens naquele ano do colégio, mas logo me senti a única garota no mundo inteiro que não havia ficado. E, quanto mais tempo demorava para chegar, mais a minha mãe se sentia compelida a falar a respeito. Não posso nem contar o número de vezes em que ela me explicou o risco de síndrome de choque tóxico (que ela própria já havia sofrido) ou as complexidades de se jogar absorventes internos fora. Se minhas reviradas de olhos fossem óbvias demais, ela me lembrava a experiência da minha bisavó. Tendo sido adolescente em outra época e lugar, as pessoas não discutiam tais coisas. Nunca. Quando sua menstruação enfim chegou, ela teve um surto achando que estava morrendo. (Nesse ponto, eu normalmente me esticava para a frente e aumentava o volume do rádio.)

Ainda assim, mesmo com o auxílio visual, o histórico familiar, o treino antecipado de absorventes internos, parecia que nada podia convencer minha menstruação a chegar. Nada, quer dizer, a não ser *adho mukha savasana* — a posição do cachorro de cabeça para baixo. Enquanto eu fazia meu aquecimento de saudação ao sol uma manhã na colônia de teatro, senti uma cólica horrível no estômago. Eu ignorei, pensando que havia feito uma torção em um músculo abdominal. E mais tarde, quando fui ao banheiro e vi que minha calcinha estava marrom-ferrugem, meu primeiro instinto foi de que alguma coisa acontecera na minha calça! Mesmo depois de toda aquela pesquisa e espera, fiquei completamente cega para o fato de que eu havia ficado menstruada. Etapas para virar mulher, sem dúvida!

— Marian Firke, Chicago, IL

Marian é aluna do ensino médio e muito flexível. Apesar de ainda praticar ioga ocasionalmente, prefere teatro e dança.

O arreio, 1961

Quando as primeiras manchas de sangue apareceram na minha calcinha, eu timidamente entrei na cozinha e sussurrei para a minha mãe. Ela me disse para ir para o banheiro e que me encontraria lá. Esperei por alguns minutos e então ela abriu a porta, fechou-a conspiratoriamente atrás de si e me entregou uma cinta cinza e manchada de sangue e um absorvente higiênico. A cinta estava estirada por anos de uso (minha mãe era uma mulher grande) e ela a ajustou para caber na minha cintura magricela de 13 anos. Deu-me instruções curtas e então saiu do aposento constrangida.

Eu me arrumei sem jeito na cinta com o absorvente, sentindo-me humilhada e feia quando olhei no espelho. Lembro-me de pensar: "Isso é um arreio de mulher." Comecei a soluçar pela minha infância perdida e com o legado de vergonha que minha mãe me concedeu naquele dia.

— Deo Robbins, Santa Cruz, CA

Deo Robbins tem 56 anos e é avó de gêmeos idênticos. Ela está ajudando a criá-los em sua casa, que abriga três gerações da família. É a cofundadora (com seu marido, o escritor John Robbins) da Earth Save International.

Os Von Trapp e eu, 1980

Quando entrei no sexto ano, não pensava muito em qual das meninas da minha turma havia ficado menstruada. Eu lera todos os livros da Judy Blume, portanto estava bastante confiante de que sabia tudo o que precisava saber sobre ficar menstruada pela primeira vez, e não tinha a menor pressa em ter que lidar pessoalmente com algo que só parecia ser uma grande e nojenta chateação. Eu também achava que ficar menstruada era algo que a gente devia manter em segredo. Não que fosse algo vergonhoso ou coisa do gênero, mas que talvez não fosse educado falar sobre isso. Como puns. Todo mundo solta, mas é falta de educação falar a respeito. Mas descobri que isso não era verdade para todo mundo quando minha melhor amiga Jenny me disse que ansiava poder pedir moedas para as outras garotas da turma quando ela estava no banheiro das meninas.

— Por quê? — perguntei.

— Porque aí elas vão saber que *eu também* sou mulher — disse, revirando os olhos extravagantemente para mim. — É sério.

— Ah, é — lembro-me de falar, mas não entendi o que ela queria dizer até algumas horas depois, quando percebi que a máquina de absorventes higiênicos no banheiro das meninas tinha um lugar para moedas.

Eu nunca quis pedir uma moeda para ninguém. Não queria nem que a minha mãe conversasse comigo sobre menstruação. Nunca. Principalmente não perto do meu irmão ou do meu pai. Quando ela tentou tocar no assunto uma vez depois do café da manhã, eu fiquei olhando fixo para ela. Aí fingi estar concentrada lendo meu horóscopo no jornal.

Fiquei menstruada pela primeira vez quando assistia ao filme *A noviça rebelde* na TV. Era uma noite de sexta-feira e eu estava dormindo na casa da minha avó. Era a primeira vez que eu o via e estava de fato gostando da primeira meia hora. Aos 13 anos, parte de mim tinha vergonha de ainda gostar de filmes assim. Eu assistia secretamente Laura Ingalls lidar com sua vida em *Walnut Grove* toda segunda-feira à noite. Aprendera mais cedo naquele ano que isso não era uma atividade respeitável quando escrevera *Os pioneiros* como "meu programa de TV favorito" em um livro de perguntas. Livros de perguntas são passados pela classe para todo mundo preencher e ler as respostas dos outros. Depois que as outras crianças leram o livro, eu fui constantemente provocada porque minha escolha era "um programa para bebês". O fato de eu ter escrito Air Supply como "minha banda de rock favorita" não me ajudou em nada a aumentar meu status de descolada.

Graças a Deus, na noite em que fiquei menstruada pela primeira vez, meu pai e meu irmão não estavam comigo. Eles estavam no chalé recém-construído da minha família, no topo de uma montanha a uns 15 minutos de distância da casa dos meus avós. Não acredito que estou prestes a dizer isso, mas fiquei muito grata às minhas cólicas pois eu as tinha confundido com diarreia naquela tarde. Se não as tivesse tido, minha mãe e eu teríamos ido para o chalé também. Estremeço ao pensar que teria ficado menstruada pela primeira vez do mesmo modo que Laura Ingalls deve ter ficado, em um chalé de um único quarto sem água corrente. Não havia o menor charme para mim nessa ideia.

Quando fui ao banheiro no intervalo comercial da exibição de A noviça rebelde e descobri o sangue, não fiquei assustada; fiquei irritada. Eu me senti contrariada. Que hora horrível para ter que lidar com essa bagunça. Minha avó não tinha nada em seus armários que eu pudesse usar. Pensei em enfiar papel higiênico na calcinha, mas tive medo de que não conseguisse conter o fluxo e encharcasse o sofá ou a manta da minha avó. Não sabia como contar à minha mãe. Apesar de não querer contar a ela, eu sabia que tinha que fazê-lo. Mas é que minha mãe às vezes podia fazer o maior teatro, como quando comprei meu primeiro sutiã, e ela falou com a vendedora a respeito com muito orgulho na voz. Eu queria dar um chute nela. Eu tinha horror de ter que ouvir sobre as linhas divisórias características desse grande acontecimento. Minha mãe usava muitas expressões difíceis como "linhas divisórias", porque ela fora professora de inglês.

Quando a chamei ao banheiro para lhe dizer o que estava acontecendo, fiquei grata por ela ser muito discreta a respeito. Ela me perguntou se eu tinha alguma pergunta e eu lhe disse que não. Falei que só queria voltar para a TV para descobrir o que Maria e as crianças Von Trapp estavam aprontando. Depois de me mostrar como prender um absorvente à minha calcinha, minha mãe me deixou sozinha no banheiro para me trocar. Fiquei decepcionada quando voltei para o filme e descobri que as coisas com *A noviça rebelde* também haviam mudado enquanto eu estava fora. E não para melhor.

Não entendi por que Maria não podia continuar a ser uma freira doidinha e simplesmente curtir, tocando e cantando com as lindas crianças Von Trapp. Não conseguia entender por que Maria estava flertando com o pai mal-humorado, o capitão Von Trapp. E não compreendia em especial por que os idiotas dos nazistas estavam tentando estragar tudo. Agora a família inteira tinha que deixar a casa que tanto amavam. Por que todo mundo não podia simplesmente continuar despreocupado e bobo? Por que tudo precisava ir em frente e ser diferente? Cruzei os braços em cima do peito, desejando poder fazer as coisas continuarem iguais. Divertidas e alegres. Sem menstruações ou nazistas para complicar tudo.

— Debby Dodds, Los Angeles, CA

Debby "gosta de divertir as pessoas sempre que possível", o que explica por que ela fez parte do Festival Mulheres na Comédia no Laugh Lounge em Nova York. Escreveu uma peça chamada Whackjob *e coescreveu várias peças, incluindo o sucesso de bilheteria* Girls on the edge, *assim como vários shows para a Disneylândia. Seu trabalho foi publicado em* Hip Mama, *na revista* Sun, *no* Crimson Crane *e em zinkzine.com.*

Vista-se adequadamente, 1974

Não há nada de extraordinário sobre a época e o local da minha primeira menstruação. Eu tinha 12 anos. Ela começou no último período de aula, mas não houve nenhum constrangimento porque eu estava usando nosso uniforme da escola, calça azul-marinho. Fui confortada pela garantia da minha avó que ficar menstruada é um aborrecimento menor nesses tempos modernos de absorventes descartáveis fabricados industrialmente — na sua época, ela disse para meu horror, elas tinham pilhas de toalhinhas de pano feitas em casa que tinham que ser lavadas à mão.

O que foi extraordinário para mim em relação à menstruação, o que levei alguns meses para perceber depois da menarca, era o quanto iria mudar a minha vida, para o bem e para o mal. Fiquei zangada durante meses, se não anos, por ficar menstruada. Isso me lembrava — ainda me lembra — que sou uma mulher em uma sociedade, em um mundo, que discrimina as mulheres.

Aos 12 anos eu era uma moleca que frequentava uma das poucas escolas mistas em Teerã. Eu passava o recreio jogando basquete ou pingue-pongue com os meninos. Era melhor do que a maioria deles, então me sentia uma igual. Eu estava me enganando. Mas a menstruação continuava vindo todo mês, lembrando-me de que não seria considerada do nível deles. A negação tinha que acabar. Depois de algum tempo, minha raiva foi substituída pela forte sensação de que eu simplesmente tinha que me esforçar mais para ser considerada sua igual. Essa foi a mudança boa. A mudança ruim foi — e é — a total inconveniência de sangrar por quase uma semana todo mês. Após trinta anos, eu ainda não consigo me acostumar. A gente tem que estocar absorventes internos e externos em todos os lugares, para garantir. Tem que deixar de usar aquela saia favorita de linho creme durante uma semana todos os meses. Precisa tomar cuidado com o que come para não ficar anêmica. E, a despeito do quanto esteja preparada, os desastres continuam acontecendo.

Há dois anos, eu estava em Berlim em uma conferência internacional. Minha menstruação começou alguns dias mais cedo e com um fluxo forte no meio de uma sessão científica. Quem liga se era importante para a minha carreira ficar naquela sessão e participar da discussão? Tive que correr para o banheiro para usar o absorvente interno que sempre tenho comigo e então sair correndo e pular dentro de um táxi para me levar ao meu quarto de hotel, onde eu tinha meu amplo suprimento de absorventes sem o qual nunca saio do país. Felizmente, por me encontrar na Alemanha, eu estava vestindo preto. Mas, e se isso tivesse acontecido alguns meses antes, em outra conferência importante em San Diego, em que eu estava usando a saia creme?

Tive a conversa sobre menstruação com minha filha de 9 anos havia vários meses. Ela ouviu com muita atenção e só teve uma pergunta para mim:

— Isso acontece com os meninos?
— Não — falei.
Sem hesitação, ela disse ultrajada:
— Mas isso não é justo!
Eu não podia estar mais de acordo, falei para ela. O que ficar menstruada nos ensina é que a vida não vai ser justa; será cheia de chateações e desastres. Mas a gente pode lidar com isso, desde que saiba o que vestir.

— Bita Moghaddam, Pittsburgh, PA

Bita é professora de neurociência na Universidade de Pittsburgh.

A dor de ouvido, 1975

Eu tinha 15 anos e ficava imaginando quando iria acontecer. Minha mãe percebeu que eu aprendera sobre o assunto na escola, então nunca falou comigo a respeito. Um dia, voltei com uma dor de ouvido muito forte no ouvido direito. Doía tanto que eu fui consultar o médico da família no meio do dia. Quando voltei, estava com cólicas muito fortes e fui ao banheiro. Quando vi o sangue, a visão era tão estranha para mim que desmaiei e acabei no chão. Quando dei a notícia para minha mãe, ela me entregou uma caixa de Kotex. Lembro-me que disse então: "Acho que não..." — e ela saiu para comprar uma caixa de absorventes internos.

Era normal para mim desmaiar nos primeiros dias da menstruação. Acho que acontecia umas três vezes por ano. Cerca de seis anos depois, lembro-me de ter uma dor de ouvido muito forte e, mais uma vez, aconteceu no dia em que fiquei menstruada. Com o tempo, e depois de ter três filhos, a menstruação parou de ser uma complicação.

— Dra. Miriam Nelson, Medford, MA

Mim é defensora da saúde da mulher e autora best-seller da série Strong Woman. Trabalha como diretora do Centro John Hancock para Atividade Física e Nutrição na Tufts University.

Paternidade progressiva, 1993

É claro que famílias feministas não carregam nada dos preconceitos que outras famílias têm sobre sexo e o corpo. Crianças feministas crescem abraçando sua sexualidade emergente, sempre forte, com amor-próprio e confiança nas suas estruturas corporais.

E, se vocês assinarem embaixo, ficaremos felizes em lhes mostrar a ponte do Brooklyn.

Primeiro, vejamos a cena: pai e mãe, de criação católica, absorvendo o estereótipo da repressão tanto da sexualidade quanto da consciência do corpo. Na família da mamãe, comer (ou não comer) era a reação tanto para sentimentos bons quanto ruins, e a beleza física tradicional era valorizadíssima. Papai vem de uma família em que a conversa "das abelhas e das flores" tinha duas frases e era clara como lama. Mas, tendo descoberto o feminismo, achávamos que seria bem fácil cortar esses comportamentos antiquados e criar melhor nossas filhas gêmeas.

Na realidade, turvamos mais do que esclarecemos as coisas, fazendo algumas coisas bem, outras mal e muitas de maneira simplesmente hilariante.

Para começar, nossas filhas eram bonitas e recebiam comentários constantes da família e de estranhos sobre sua aparência. Então, nós zelosamente elogiávamos seus corpos pelo que eles podiam fazer, não por sua aparência. Transformamos praticamente em religião nunca comentar sobre o peso ou o tamanho delas (ou o nosso) quando elas estavam por perto. Até jogamos fora a balança do banheiro porque mamãe não queria largar seu hábito de se criticar quilo a quilo. Como acabamos vendo, a maior ansiedade corporal de Nia e Mavis era "eu sou muito baixa". ("Rápido! Que mulheres famosas são baixinhas?")

Com a sexualidade, as coisas foram só um pouco mais complicadas. Mas ainda nos agarrávamos ao delírio de que nossa sensibilidade feminista muito desenvolvida facilitaria tudo. Quando as meninas tinham 11 anos, nós todos lançamos a revista *New Moon* juntos, colocando matérias sobre ritos de passagem e comemorando a menarca. Pensamos que seria moleza que cada filha se regozijasse com sua primeira menstruação, anunciando com orgulho sua chegada como sinal de sua força feminina e a ocasião perfeita para dar uma festa.

Não era bem assim. O grande acontecimento foi anunciado com um sussurro, não um grito de felicidade.

— Entre aqui, mamãe, e feche a porta. Acho que fiquei menstruada. Prometa que não vai contar ao papai e, pelo amor de Deus, nada de festa, está bem?

No final, acabamos comemorando, mas não como imaginamos. Mamãe levou cada menina para um jantar tipo mãe e filha. Foi um pouco mais complicado para o papai. Ele ganha de qualquer um o prêmio de "pior pessoa para guardar segredo", mas conseguiu cooperar dessa vez, sem nunca deixar transparecer que sabia sobre as visitas da Deusa da Lua. Mais ou menos um ano depois, ele teve sua chance de comemorar. Ao sair para ir ao Super Valu, ele gritou:

— Precisam de alguma coisa do supermercado?

— Pode me trazer absorventes? — berrou uma voz adolescente. — Os meus acabaram.

Ele esperou até a porta se fechar antes de dançar pelo caminho da entrada sussurrando:

— *Siiiimm*! Ela finalmente me contou!

Durante anos, mamãe transmitiu muitas outras informações básicas com o mínimo de angústia. Em determinado ponto, ela decidiu que era hora de uma conversa puramente prática, com foco em contracepção, prevenção de DSTs e mitos sobre sexo. Ela contava com uma plateia receptiva, até mesmo agradecida para a demonstração de como colocar uma camisinha em uma abobrinha, usar um filme plástico na boca, e por aí vai. A "conversa" conseguiu ao mesmo tempo insultar e assustar a primeira filha. Com um início tão fracassado, Nancy temeu a "conversa nº 2" até mais do que a primeira, mas as meninas captaram as informações essenciais e todos nós sobrevivemos.

Alguns de nós alegam que nem se lembram de certas partes de tudo isso. Ainda assim, podemos todos rir a respeito. E as mensagens parecem ter sido passadas, absorvidas e usadas. ("Usadas?! Está querendo dizer que elas podem realmente vir a fazer sexo um dia?" "Calma, querido.") Atravessamos as águas traiçoeiras, pelo menos por enquanto, e nem tivemos que vender a ponte do Brooklyn.

— Nancy Gruver e Joe Kelly, Duluth, MN

Nancy Gruver é a fundadora do New Moon Girl Media (www.newmoongirls.com), que provê uma comunidade on-line para meninas entre 8 e 15 anos e publica a revista bimensal New Moon Girls. *Joe Kelly é o autor do best-seller* Dads and daughters: how to inspire, support and understand your daughter *(www.dadsanddaughters.com).*

Demonstração no HoJo, 1968

Havíamos voltado recentemente de uma temporada de um ano em Roma, onde meu pai decidira fazer seu intercâmbio educacional... e levar o resto da família. Eu tinha 12 anos na época. Foi um ano horrível para mim. Desterrada dos meus amigos, fui enfiada em uma escola pública italiana, onde, pela segunda vez na minha jovem vida, esperavam não só que eu falasse italiano, mas que funcionasse em italiano como se fosse nativa. Eu me sentia burra. Meu corpo estava mudando. Apesar dos meus protestos, minha mãe mandou cortar meu cabelo muito curto. Eu me sentia gorda e feia. Tinha inveja da capacidade da minha irmã (três anos mais nova) de comer o que quisesse e ainda parecer uma menininha.

    Pegamos um navio de volta para os Estados Unidos e fizemos a viagem de Nova York para Chicago de carro. Os grandes momentos da viagem de carro eram sempre paradas para descansar e piscinas. No primeiro dia da viagem de volta para casa, senti dores excruciantes na minha barriga. Era como se alguém estivesse torcendo minhas entranhas, e insisti que parássemos assim que possível. Acabou sendo no oásis da cultura americana — no Howard Johnson's. Fui ao banheiro e gritei quando vi o sangue escorrendo pelas minhas pernas. Eu desmaiei, minha mãe chamou meu pai para dentro do banheiro e assim começou. Não tenho certeza se era pior achar que estava morrendo ou querer morrer porque meu pai estava no banheiro das mulheres, falando e tentando inutilmente ser de alguma ajuda.

Talvez eu tenha perdido a aula de educação sexual que teria recebido se ainda estivesse nos Estados Unidos naquele ano. Talvez minha mãe planejasse me dizer alguma coisa sobre menstruação. Talvez se sentisse constrangida em relação ao assunto em razão do modo como sua mãe tratara disso com ela. Naquele momento, tomei a decisão consciente de que a minha filha teria uma experiência muito diferente.

— Linda Greenberg, Chicago, IL

Linda se doutorou em antropologia cultural pela Universidade de Chicago e dirige uma firma de pesquisa de marketing. Com duas amigas, recentemente iniciou a Via Mia Design — uma empresa de joias inspiradas em design *italiano que produz peças de arte únicas e simples de usar.*

Não mais na liga infantil, 1993

Fiquei menstruada pela primeira vez no sexto ano, aos 12 anos. Eu tinha bastante consciência de que chegaria algum dia. No entanto, não esperava que fosse na tarde em que teria um jogo de *softball*. Minha mãe me deu um absorvente enorme, ou assim achei na época, que eu sabia que todo mundo poderia ver debaixo da minha calça de *softball*. A calça não era de lycra justa, mas eu achava que o volume era gigantesco e supervisível. Minha mãe me assegurou que ninguém ia perceber. Eu era lançadora do time e portanto o centro da atenção a maior parte do jogo. Ninguém nunca disse nada, mas até hoje juro que foi percebido por todo mundo na multidão. Parei de usar absorventes externos depois disso.

— Moira Kathleen Ray, Portland, OR

Moira é amante da natureza e canhota. Atualmente estuda para ser médica.

EuroDisney, 1992

Minha primeira menstruação aconteceu em um mundo perfeito. Quando digo "mundo perfeito", estou falando sério. Eu estava na EuroDisney, Paris! Tinha 12 anos e estava dentro do banheiro das Princesas da EuroDisney. Todo mundo estava do lado de fora esperando por mim porque queria ir no mais novo brinquedo, a Space Mountain. Abri a porta do banheiro branco e rosa e me sentei para fazer xixi. Olhei para a minha calcinha e fiquei horrorizada. Eu era uma moleca e aquele sangue era um símbolo de tudo o que eu odiava em ser uma menina. Comecei a pensar sobre uma conversa anterior com a minha mãe sobre tornar-se mulher e ser capaz de ter filhos... mas por que agora? E no meio das férias de família mais maravilhosas do mundo? Eu queria parar o sangramento, então finalmente me convenci a chamar minha irmã mais velha.

Tentei abrir a porta, mas ela estava emperrada. Meu rosto ficou azul; comecei a entrar em pânico e a bater na porta, esperando que houvesse mais alguém no banheiro. Acho que ser a primeira no parque às 8h não era mais vantagem a essa altura. Eu estava ensanguentada, com medo, sozinha e impotente no banheiro da EuroDisney! Depois de soluçar por cinco minutos, decidi rastejar por baixo da porta do banheiro. Graças a Deus eu era uma adolescente magrinha! Podia sentir o cheiro do Clorox no chão, mas o único pensamento na minha mente era conseguir ajuda.

Fui para fora, onde todo mundo já estava reclamando do tempo que eu estava fazendo todos perderem, e ficou ainda pior quando pedi a minha irmã para voltar comigo para o banheiro. Todos me olharam como se eu estivesse maluca. Meu pai estava impaciente e gritando e meu irmão e minha irmã caçula estavam imaginando que eu estava com diarreia. Voltei para dentro com a minha irmã e expliquei meu problema. Ela parou de ficar zangada comigo e me deu um absorvente interno pequeno que tinha em sua mochila. Era tão fácil de colocar que eu comecei a ficar preocupada que pudesse tê-lo perdido dentro de mim, pois não conseguia senti-lo. Mas todos os traços de ansiedade e ataque de pânico sumiram enquanto eu esperava na fila de diferentes brinquedos. Só quatro horas depois, quando minha irmã gentilmente me lembrou, fui trocar meu absorvente. Ninguém mais jamais soube o que de fato aconteceu comigo naquele dia, e só este ano contei ao meu pai quando foi minha primeira menstruação. De toda aquela viagem, o banheiro branco e cor-de-rosa foi a coisa mais assustadora que vivenciei!

— Jessy Schuster, Miami, FL

Jessy nasceu na França e morou em Guadalupe durante 15 anos. Ela chegou a Miami em 1999 e desde então mora lá. É aluna do Miami Dade College, e estuda jornalismo e comunicação de massa. Também trabalha para o Haitian Television Network como apresentadora de um programa de entretenimento chamado En Vogue, em que entrevista artistas (músicos, cantores, atores) e cobre diferentes eventos e festivais em Miami.

A cavalo, 1960

Sempre fui uma completa moleca, além de precoce. Por volta dos 9 anos, tomei consciência daquelas grandes caixas de Kotex na casa. Apesar de não saber muito bem quando aprendi para que serviam, tenho certeza do que fiz com a informação. Torturei mamãe, perguntando para que serviam. Tirar pó, talvez? Gostei de seu constrangimento e suas réplicas de "eu lhe conto mais tarde". Cerca de um ano depois, eu estava cavalgando e fiz meu cavalo dar um salto de um metro por cima do galinheiro. O cavalo refugou e eu dei uma cambalhota no ar. De montada no cavalo, acabei montada no galinheiro. Mais tarde naquele dia, tive que ir ao banheiro e fui até a uns arbustos. Vi um pouco de sangue na minha calcinha e corri para casa para contar à minha mãe que eu "havia virado mulher". Ela só riu de mim. Sempre digo que perdi minha virgindade para um galinheiro.

Minha primeira menstruação veio um pouco mais tarde, acho que no sétimo ano. Mamãe e eu tivemos nossa conversa. Lembro-me de ter cólicas e não ficar surpresa, mas andar de perna cruzada pelo resto do dia. E pedir licença para ir ao banheiro frequentemente para verificar o que estava acontecendo. Dessa vez, quando contei para minha mãe, ela acreditou em mim e esbofeteou de leve o meu rosto.

Algumas tribos acreditam que, quando você fica menstruada, há um momento em que pode ver a rachadura no mundo. Às vezes é só uma fissura por chocolate! Sempre gostei da frase "eu estou na minha Lua".

— Margaret Whitton, Martha's Vineyard, MA

Margaret é atriz de teatro e cinema com participação em filmes e peças como Um time muito louco, O homem sem face, Um peixe fora d'água *e* A tempestade, *de Shakespeare, no Parque no Delaware Theater. É também diretora de teatro e escreve uma coluna sobre beisebol.*

Não ficar, 1980

O que eu mais me lembro sobre ficar menstruada é não ficar.

E não ficar. E não ficar.

Eu simplesmente não ficava, não importa quantos biquínis brancos vestisse; não importa quantas cólicas-fantasma eu forçasse no meu útero. Nada.

O que eu tive em vez disso foi garganta inflamada.

Fui regular durante todo o sétimo ano, mais regular no meu sofrimento mensal até do que minhas amigas mais desenvolvidas eram no seu: uma vez por mês, todos os meses naquele ano, eu acordava com o que parecia ser uma bola de tênis alojada na minha garganta. O negócio rosa fluía para mim todos os meses, igual a todas as outras garotas, só que o meu era eritromicina.

Parecia um substituto fraco.

Parecia zombaria.

Alô, corpo? Área errada! Meu corpo claramente não sabia como fazer, o negócio todo de crescer; era confuso, idiota, lento. Enquanto todas as minhas amigas estavam indo sozinhas à farmácia, comprando absorventes para seus corpos maduros, eu estava mais uma vez aconchegada, febril e pequena, entre minha mãe e o aquário borbulhante no consultório do pediatra, recusando-me a brincar com os brinquedos de empilhar ou com as criancinhas babonas que pareciam ser meus verdadeiros pares.

Mas, em uma noite que dormi na casa da minha melhor amiga, Bea, nós confessamos a verdade uma para a outra: *Não, nunca fiquei, pelo menos ainda não. Você também não? Que alívio. Você tem garganta inflamada todos os meses? Não, por quê? Ah, eu recuei. Só estava imaginando.*

Mas era um vínculo. Parecia que todo mundo havia amadurecido, exceto nós. "Ainda não me tornei mulher", dizíamos e ríamos enlouquecidamente. Mulher, mulher, mulher, que palavra idiota. Parecia esquisita na nossa boca, como algo sem sentido, como algo que não tinha nada a ver conosco. Mulher? De jeito nenhum. Está bem, então, se éramos as únicas que haviam ficado na terra das criancinhas, bem, pelo menos estávamos lá juntas.

Mas nós duas sabíamos que chegaria o dia em que uma de nós ficaria menstruada. A outra seria deixada para trás. Será que isso nos separaria? Será que a mudança romperia os laços de intimidade e imaturidade partilhadas, tão recentemente formados?

Resolvemos que honestidade absoluta seria o nosso caminho, e juramos contar uma à outra no instante em que acontecesse — sem demoras, sem segredos uma da outra. Não deixaríamos a preocupação se infiltrar; éramos melhores amigas e, se uma de nós ficasse menstruada, significava que estávamos ambas a caminho. E dizer à outra imediatamente seria nossa forma de fortalecer nosso vínculo.

Já que íamos ficar afastadas (em colônias de férias diferentes) durante o verão potencialmente longo entre o sétimo e o oitavo anos, escrevemos cartas uma para a outra antes, juntas, para serem enviadas no momento em que uma das duas ficasse menstruada. As cartas foram escritas a quatro mãos, para que fossem uma experiência comum, mesmo que de certa forma jamais pudesse ser. Cada carta dizia simplesmente:

FIQUEI

E era assinada com um *, nosso símbolo secreto para nós duas juntas.

Fomos para a colônia de férias com a carta especial enfiada entre nossos moletons e meias, nossas caixas de absorventes grandes lacradas e sutiãs PP desnecessários.

Os dias passavam sem nenhum motivo para mandar minha carta e, enquanto eu esperava parcialmente que uma de nós ficasse menstruada mesmo que tivesse que ser a Bea, tinha que admitir que senti algum alívio por sua carta nunca ter chegado.

Acabamos as duas ficando menstruadas, não no verão, mas durante o ano letivo, portanto nunca enviamos nossas cartas, afinal. Nenhuma de nós se lembra de quem ficou menstruada primeiro. Acho que porque significava cada vez menos para nós. Sabíamos que nossa amizade aguentaria, que nossa solidariedade era mais profunda do que nossa carência hormonal. Eu sabia que, se ficasse primeiro, ela me diria, dividiria comigo, me contaria os detalhes e a verdade sobre tudo o que sentia e que, se eu ficasse primeiro, ela iria querer saber tudo e comemorar comigo.

Na verdade não me lembro muito bem de ter ficado menstruada (apesar de lembrar que ficava com a garganta inflamada com muito menos frequência). Sei que era bom pensar que meu corpo estava finalmente descobrindo o que fazer e que, mesmo que ele levasse seu próprio tempo, eu podia confiar que acabaria chegando lá.

Mas, antes de aprender a confiar no meu corpo, aprendi a confiar na minha amiga.

Então talvez eu já tivesse me tornado mulher.

— Rachel Vail, Nova York, NY

Quando era adolescente, Rachel não conseguia decidir se ia se tornar atriz, maga das finanças, lobista, mágica, dramaturga ou espiã. Finalmente acabou descobrindo uma forma de combinar tudo ao tornar-se escritora. Seus romances para adolescentes incluem If we kiss, Lucky *e* Gorgeous. *Também escreveu mais de uma dúzia de livros para crianças, incluindo* Sometimes I'm bombaloo *e* Jibberwillies at night.

A sereia, 1974

Então aqui estou eu, no alto da escada, gritando "Mamãe! Mamãe!" em um estado de espírito ligeiramente histérico e um tanto delirante. Minha mãe enfim aparece: ela está enxugando as mãos em um pano de prato.

— O que foi? — pergunta de baixo da escada, olhando para cima.

— Há algo na minha calcinha.

De repente, minha mãe parece que vai começar a dançar. Ela se ilumina, dando um sorriso idiota, e me parece agora muito mais jovem, como se tivesse virado adolescente, não muito mais velha que eu.

— Começou! — Ela cintila.

— Começou? — pergunto.

— É, a sua menstruação! Que *emocionante*!! — Agora ela parece estar faiscando totalmente e eu sou contaminada pela sua alegria. Isso parece ser uma coisa boa, esse sangramento que começou.

Mais tarde, naquele dia, eu lhe digo que quero ir nadar. Ela me diz que vou precisar inserir um absorvente interno.

Passo as duas horas seguintes no andar de cima, lendo as instruções, tentando seguidas vezes empurrar aquele pedaço duro de algodão para dentro da minha perereca. Finalmente, consigo botar um para dentro pela metade. Agora tenho que ir me deitar na cama. Eu me sinto enjoada. É como se tivesse tomado vinte doses de tequila (apesar de na época eu não poder saber que era com isso que eu ia comparar mais tarde a sensação... de ficar bêbada). Ter algo *dentro* de mim é enervante, não natural.

Eu estou cambaleando e me deito. Penso: Minha Nossa, tudo isso para ir nadar? Quando foi que nadar se tornou tão importante? E então o medo: e se eu for nadar e o absorvente sair flutuando para fora?

Nunca me esqueci da minha primeira menstruação. Tenho que agradecer à minha mãe por fazer que a lembrança me venha tão facilmente. E, só para vocês saberem, eu fui nadar e o absorvente não saiu flutuando para fora. Fingi que era uma sereia e deixei que a água fria deslizasse por cima do meu corpo novo e esguio: o corpo de uma mulher.

— Sara Hickman, Austin, TX

Sara é mãe, musicista e se autodescreve como um elfo criativo. A revista Performing Songwriter *a considera uma das cem artistas independentes mais influentes dos últimos 15 anos.*

Quando você ligou da Califórnia para casa para me dizer que havia começado

*um lindo glóbulo de sangue
rolou por cima da superfície do deserto
para cima e para baixo do divisor de águas continental
pelas campinas cantantes
que dividem o Mississippi
saltando pelo boqueirão do Delaware
até cair nessa cozinha alta e vermelha
em Rocky Hill, Nova Jersey
onde deslizou pelo linóleo
e se quebrou em centenas de joiazinhas facetadas*

*não vou rebaixar esse dia com rótulos
não vou dizer tolamente
"agora você é uma mulher"
eu nunca vou lhe dizer
"não fale com estranhos"*

*porque cada um de nós é um estranho
um para o outro
misteriosos em nossos corpos,
a ligação entre nós
ascendendo como poços de rocha separados
das mesmas águas escuras
debaixo da terra*

mas esta noite você me delicia como um amante
tanto que os músculos da minha coxa têm espasmos
e os mamilos dos meus seios
se levantam e se lembram
da sua boquinha
até eu estar rindo até a medula dos meus ossos
e quero gritar
Abençoada seja, minha filha, abençoada seja, abençoada seja
Eu criei o mundo em 13 anos
e isso é bom.

— Penelope Scambly Schott, Portland, OR

Penelope Schott é ex-professora de poesia e autora de vários livros de poesia. Recebeu o Turning Point Poetry Prize de 2004.

Manteiga de amendoim e achocolatado, 1959

Eu tinha 12 anos quando comecei a correr. Era a mais jovem da minha turma e, portanto, enquanto ainda brincava de boneca, as garotas à minha volta já estavam ficando menstruadas. Eu não fiquei até ter 14 anos, e àquela altura estava desesperada para que acontecesse. Eu fazia exercícios para aumentar os seios na frente do espelho e comprava Kotex. Ouvira dizer que, se a gente ganhasse peso, isso poderia acelerar o início da menstruação. Então, para aumentar meu consumo calórico, comecei a comer sanduíches de manteiga de amendoim e a beber achocolatado antes de ir para a cama, e engordei uns oito quilos. Quando minha menstruação chegou, eu me lembro de ficar felicíssima. Sempre adorei ficar menstruada. Me fazia lembrar de como a vida é um ciclo e como eu era uma criatura da natureza. Sentia-me poderosa por causa disso.

— Kathrine Switzer, Nova Zelândia e Nova York, NY

Em meados da década de 1960, Kathrine Switzer quebrou a barreira dos gêneros em corridas de longa distância como a primeira mulher a completar oficialmente a Maratona de Boston. Venceu a Maratona da Cidade de Nova York em 1974.

Tamora Pierce salva a pátria, 2006

Fui criada em uma família cristã consciente, então tinha tido *alguma* conversa sobre sexo — sabem como é, do tipo "sexo é ruim". Mas nunca tive a conversa sobre menstruação.

Na minha família, quando a gente se torna mulher, pode furar as orelhas. Então todo ano novas garotas apareciam com as orelhas furadas em reuniões de família, e todos nós sabíamos por quê: "Ah, lá está mais uma!" Eu não queria furar minhas orelhas porque todo mundo ia saber e eu realmente não via necessidade. Então esperei um ano e furei as minhas quando minha irmã furou as dela.

Não sei o que eu teria feito sem Tamora Pierce. Eu era uma grande fã e havia lido todos os seus livros. O pouco de educação sexual que eu sabia viera da Alanna (heroína da série *The song of the lioness quartet*). Os livros não são nada negativos a respeito: eles comemoram o fato! A menstruação é natural e vem regularmente, e eu sabia que se havia sido escrito em um livro lido por tantas pessoas, não era algo para se envergonhar. E eu podia usar os livros como forma de conversar com a minha irmã a respeito. Meu irmão também leu, então ele não achou muito esquisito. Isso foi muito legal.

— Madeleine, Nova York, NY

Madeleine tem 15 anos e está no ensino médio. Tem um irmão gêmeo que não sente nojo de sua menstruação.*

---

*Madeleine, seu irmão e fãs de Tamora Pierce em todos os lugares, a próxima história é para vocês.

Escorregadia na escadaria, 1965

Ao contrário de muitas meninas naquela época, eu sabia um pouco sobre o que esperar. Minha mãe, que havia estudado enfermagem por dois anos, tivera o cuidado de explicar os "fatos da vida" de uma forma que eu pudesse entender desde que eu era muito pequena. Mais ou menos por volta do quinto ano, descobri que podia adiar a hora de ir dormir se pedisse para ela me explicar sobre o útero e os ovários de novo (ela fazia desenhos, o que era demorado e me dava mais tempo acordada). Eu era uma criança-problema para a pobre professora que tinha a missão (extremamente controversa e nova) de dar aula de educação sexual para meninas, porque eu exibia meu aprendizado e usava os termos científicos quando fazia perguntas. (Está bem, eu admito, eu era uma CDF quando criança.)

Passei o quinto e a maior parte do sexto ano em estado de grande entusiasmo, esperando e desejando ter aquela primeira menstruação, o sinal de que eu finalmente era mulher. Sabia que seria logo, porque quando eu pulava e me olhava no espelho, comecei a ver uma sacudida, o que era a exigência final da minha mãe para um primeiro sutiã. Até os meninos da minha turma de sexto ano falarem, eu não havia percebido que estava crescendo pelo embaixo dos meus braços — mais um marco. Então eu esperei, apesar de parecer que esperei *uma eternidade*.

Ainda posso ver a hora e o lugar em que tive aquela primeira pista. No corredor do lado de fora da nossa sala do sexto ano, quando estava descendo as escadas, tive uma espécie de sensação escorregadia entre as minhas nádegas. Nunca me ocorreu olhar até chegar em casa. Meus pais estavam fora, tínhamos uma babá e eu a assustei imensamente ao gritar com a maior alegria, "Fiquei menstruada! Fiquei menstruada!" Ela comemorou comigo, tendo atingido esse tão ansiado estado dois anos antes de mim. A primeira coisa que fiz foi encontrar os absorventes e a pequena cinta (naquele tempo, ou a gente pendurava um absorvente em uma cinta pequena dentro da calcinha ou o prendia com um alfinete na calcinha — não havia absorvente adesivo na época), colocá-los do jeito que minha mãe me havia mostrado e botar meu primeiro absorvente. Quando meus pais chegaram em casa, recebi abraços e parabéns.

No dia seguinte, fui apresentada à desvantagem de ficar menstruada: meu primeiro caso de cólicas muito leves enquanto meus pais pensavam se eu devia ir a uma festa de patins. Nos meses seguintes eu aprenderia sobre cólicas piores, dor na parte inferior das costas e o fato de que não se pode usar absorvente externo em uma festa na piscina, o que incluiu uma primeira introdução dolorosa ao uso de absorventes internos. Mas nunca me esqueci daquelas primeiras horas, a sensação escorregadia que levou ao triunfo, a sensação de que eu havia passado no último teste para virar mulher e podia conquistar o mundo.

— Tamora Pierce, Nova York

Tamora é a autora da série best-seller de fantasia adolescente The song of the lioness quartet.

No hemisfério Sul, 1983

Minha menstruação chegou quando eu tinha mais ou menos 13 anos e estava no primeiro ano do ensino médio. Eu sabia o que estava acontecendo; isso era inevitável na minha escola, um colégio particular católico só para meninas, onde todos os aspectos de educação sexual eram tratados repetidas vezes em uma estratégia gradual e subversiva de cinco anos para nos fazer desistir de sexo antes do casamento.

Minha reação à minha primeira menstruação foi de grande tristeza. Acho que acordei com aquela sensação pegajosa e corri para o banheiro para investigar. Qualquer que fosse a hora do dia, eu me lembro de sair do banheiro em um estado bastante alterado, correndo para o meu quarto e me jogando na cama, os olhos lacrimejantes. Eu era especialmente próxima do meu pai e me senti arrasada com a ideia de que não seria mais sua amiga especial... Ele ainda ia querer que eu cortasse a grama?

(Sim!)

Na menstruação nº 2 eu estava me enganando. Devia passar um fim de semana prolongado com uma aluna interna da minha escola em uma fazenda no meio do cinturão de trigo da Austrália Ocidental. Viagens para a fazenda da minha amiga eram ocasiões ao ar livre, coisa de molecas — andar a cavalo e motocicletas, dirigir veículos de fazenda, caçar coelhos, acompanhar o pai e o irmão da minha amiga fazendo coisas de fazenda. Munida de uma caixa de absorventes, eu estava determinada a fazer todas as coisas divertidas de sempre e guardar meu segredo para mim mesma. Por azar, minha mãe telefonou antes para a mãe da minha amiga, avisando-a do meu "estado". Quando cheguei, ao alcance da audição do pai e do irmão da minha amiga, recebi um sermão a respeito do "protocolo dos absorventes" na fazenda. Os itens encharcados deveriam ser embrulhados em jornal e levados para os tambores de duzentos litros no quintal dos fundos que serviam como incinerador da casa. Não haveria segredos nem negação. Toda vez que eu levava um embrulho para o tambor, era como se os olhos de todos os homens estivessem me seguindo.

Parece que superei o trauma. Minha irmã me diz que fui eu, a irmãzinha, que lhe ensinou tudo sobre absorventes internos. Chega de absorventes externos ou, como ela diz, andar por aí em uma sela acolchoada de algodão. E as sementes dos meus instintos comerciais foram plantadas — ao que parece pedi aumento de mesada para cobrir minhas emergências.

— Jenni Deslandes, Sydney, Austrália

Jenni é ex-consultora da McKinsey.

Hora de rezar, 2006

Antes da minha primeira menstruação, eu sempre encarava o acontecimento como levando diretamente à entrada no mundo das mulheres, uma espécie de aurora imediata da maturidade. Quando ela finalmente chegou, muito mais cedo do que eu queria ou esperava, não foi nada do descrito acima. Na verdade, foi só meio pegajoso.

Eu tinha 11 anos e uma substância escura estava escorrendo de mim e manchando a minha calcinha. Sendo bastante reservada a respeito de assuntos particulares, igual ao resto da minha família, eu não estava completamente preparada para correr para a rua e gritar: "Tenho sangue jorrando da minha vagina!"

Em vez disso, eu esperei. Foram dois dias inteiros de me forrar com papel higiênico antes que eu encurralasse minha mãe, bem longe do meu pai e dos meus irmãos, e sussurrasse "acho que fiquei menstruada". A reação dela foi muito diferente da que eu havia esperado — ela ficou extasiada. Agarrou-se em uma demonstração de afeto que eu não via fazia muito tempo (não que ela não seja carinhosa ou uma mãe maravilhosa). Em vez de dar explicações sobre absorventes, possíveis sintomas e responder minhas perguntas sobre menstruação, minha mãe me disse que eu tinha que rezar cinco vezes por dia. Como muçulmana, há rituais especiais que ocorrem depois do começo da menstruação e durante cada ciclo. Como o início oficial da idade adulta, exige-se que algumas atividades sejam completadas diariamente, tal como orações regulares. No entanto, as mulheres não devem rezar durante o período menstrual, e depois há uma forma especial de se lavar e raspar.

Nada disso era o que eu queria ouvir depois de notificar minha mãe sobre o meu estado. Eu só queria saber como fazer o sangue parar. Quando o entusiasmo passou, minha mãe enfim me explicou o básico — lavar roupas manchadas imediatamente, nada de jogar absorventes na privada e me acostumar com a ocorrência mensal. Ela então transmitiu a notícia para todas as mulheres da minha família. Privacidade? Sem chance.

— Fatema Maswood, Cromwell, CT

Fatema Maswood é uma aluna do ensino médio que faz teatro e tem afinidade por festivais de música ao ar livre.

O lugar certo na hora certa, 1952

Lembro-me nitidamente da primeira vez que fiquei menstruada. Eu estava morando em Carmel Valley com a minha mãe, já que meus pais estavam vivendo separados depois de um divórcio amargo e litigioso seguido por visitas cheias de tensão feitas pela minha madrasta e pelo meu pai, a quem eu adorava e não via com muita frequência. Acontece que meu pai estava fazendo uma de suas visitas não frequentes e cheias de tensão quando fiquei menstruada pela primeira vez. No meio de toda a confusão, todo o constrangimento e de procurar e aplicar várias coisas desajeitadas — não absorventes internos, que eu só descobri anos depois —, coisas às quais eu não havia sido apresentada, lembro-me do meu pai dizer: "Fico feliz por estar aqui." Fiquei completamente confusa por ele ter dito aquilo, já que o episódio inteiro foi uma fonte de inquietação, infelicidade e constrangimento para mim. Mas depois eu entendi aquele comentário e gostei.

— Leigh Bienen, Evanston, IL

Leigh Bienen é escritora, advogada e professora. Sua ficção pode ser encontrada em The left-handed marriage. *É diretora do Chicago Historical Homicide Project (http://homicide.northwestern.edu) e do Florence Kelley Project (http://FlorenceKelley.northwestern.edu)*

Mês de sangue, 1979

O mundo não para quando alguém morre. A gente quer que pare. A gente com certeza reza para que pare. Mas ele não para. Simplesmente vai em frente. Sem pensar. A lua ainda se move pelo céu, o sol ainda se levanta, o ar ainda entra e sai dos seus pulmões, o sangue corre pelos seus vasos capilares. Seu corpo respira e cresce. Apesar de você.

Se pudesse ter dito ao meu corpo para parar quando minha irmã morreu, eu o teria feito. Eu o teria dobrado como uma velha camiseta cinza e o enfiado no fundo do armário. Eu o deixaria lá por cinco anos. Pelo menos cinco anos, porque leva mais tempo do que isso para melhorar. Mas uma pausa de cinco anos teria sido melhor do que cinco minutos. Nossos corpos não são assim. Eles são como o sol e o vento. Como campos de solo vermelho e a chuva. Ao mesmo tempo estranhos e familiares. Podemos traçar os padrões de seus ciclos, mas não podemos controlá-los. São regidos pela lua. Desassossegados.

Então, aqui estamos. É novembro. "Mês de sangue", de acordo com o reverendo sr. Bede, historiador do passado, por conta de todos os animais que foram mortos por proprietários que achavam que eles não sobreviveriam ao inverno. Eu provavelmente estou na lista — minha cabeça dói, meu coração sofre e estou me sentindo, bem, com os joelhos fracos.

O quarto da minha irmã é cheio de brinquedos. Suas roupas estão penduradas no armário para arejar. Eu desenterro uma pilha de calcinhas dela cada vez que vou pegar uma minha. Ninguém fala. Ninguém sabe o que dizer, que dirá o que fazer.

Insegura, eu mesma peneiro o que me dizem atrás de significado. Minero informação por uma pepita de ouro, um vislumbre de verdade, uma noção do que aconteceu. Viro uma especialista em decodificar coisas ditas pela metade: câncer, sangue branco, Deus. E tento entender o mês de sangue.

O vazio da casa é avassalador. Eu saio sempre que possível, mesmo que apenas para voltar para a escola. Uma vez lá, não sei o que fazer comigo mesma. Não estou preparada para os olhares enviesados de indiferença. Quando os professores falam comigo, eu me fecho. As crianças não tentam. A não ser uma.

— Sua irmã está matando aula de novo?
— Humm, não.
— Não a vejo há semanas. Onde ela está, então?
— Morreu.
— Está brincando!

Depois disso eu não respondo tão claramente. Não digo o que penso. Metade do tempo eu nem sei o que penso. Estou me escondendo naquele pequeno espaço entre a beirada de mim mesma e a minha sombra. Só o que sei é que eles não ensinam na escola coisas como a morte.

Também não ensinam sobre corpos, não de modo adequado. Eles fazem a parte da ciência — a anatomia, os ovos, o acasalamento e tal. Mas não falam sobre "consciência do corpo" — quando a mente está cheia de coisas que o corpo deveria fazer mas não pode, como produzir glóbulos sanguíneos bons.

E nunca os ouvi falar de "consciência sangrenta do corpo" — quando o corpo faz o que quer, a despeito das consequências, como produzir glóbulos brancos que se recusam a amadurecer; mesmo que imaturos, eles não conseguem funcionar.

E com certeza não gastam muito tempo com "sangramento do corpo". Bem, deviam, porque o corpo é cheio de sangue. Cinco milhões e meio de milímetros cúbicos, para ser precisa. São quatro litros e meio em uma mulher normal. Onze latas e meia de refrigerante.

E não é só a quantidade que é impressionante — é todo aquele viver e morrer em um pequeno espaço. Os glóbulos sanguíneos só vivem quatro meses. Eles nascem nos nossos ossos, se desintegram nas nossas veias ou são reunidos para serem destruídos no nosso fígado ou baço. É um sistema fechado, como uma experiência. O sangue é preso nos nossos corpos e rotulado com uma data de validade, a não ser que fuja pelo útero.

Mês de sangue. Minha primeira menstruação, é claro, e não estou preparada. Meu corpo não entende o ciclo de sangramento mais do que eu. Começa com um respingo, termina com uma torrente — um jorro de sangue pelas minhas pernas. Eu limpo com o papel higiênico alvejado que nossa escola insiste em usar. O sangue o encharca — gritando vivamente: "Estou aqui e estarei aqui todo mês, se você tiver sorte. A cada três ou seis semanas ou até bimensalmente, se não tiver. E não virei sozinho. Virei com ondas de histeria, membros inchados ou seios doloridos e, se estiver prestando muita atenção, vai saber que eu estou vindo muito antes de eu chegar".

Obviamente eu não estava nem um pouquinho atenta. Sou salva da humilhação eterna por uma garota que mal conheço, mas que sabe o suficiente a respeito de primeiras menstruações de meninas para saber que raramente têm o que precisam quando isso acontece. Ela me leva para o banheiro da escola. Ordena que eu esfregue a mancha de sangue no meu uniforme com sabão e me deixa trancada em um reservado, um absorvente grosso na mão e a palavra "regra" martelando na minha cabeça como uma porta batendo.

Sangue. Mês. Como pude não saber que isso estava prestes a acontecer? Eu vinha presumindo que meus seios inchados eram tristeza, minha barriga estufada — tristeza e tristeza, minha língua inarticulada. Eu devia ter sabido — na vida, a gente deve prever as coisas. Nossos ciclos não são imutáveis: nosso corpo pode não funcionar amanhã, nosso sangue pode não carregar oxigênio para o seu coração, seu coração pode nem bater. Mas também pode.

Mês de sangue. Um dia eu acordo e o corpo da minha irmã está com um tom delicado de azul. O que sobrou do seu sangue fugiu do seu rosto, deixando-o com a palidez de uma frigideira.

Um dia eu acordo e meu corpo começa a sangrar. Mas não estou doente ou morrendo. Na verdade, nunca estive mais viva. Eu sou fértil.

A sintomatologia do sangue está longe de ser simples.

Escondo meu novo *status* como um segredo. Enfio-o em uma bolsa de veludo e o enterro no meu coração. Não quero que ninguém saiba que tenho vida por dois quando ela não tinha vida suficiente para si mesma.

Depois da escola, eu vou ao supermercado. Vasculho a parede de produtos higiênicos por algo que se assemelhe ao absorvente que estou usando. As opções são avassaladoras: cores, tamanhos e formatos diferentes. Finalmente, escolho uma caixa verde-escura porque gosto da cor e do rosto jovem e sério que me olha. Ela parece uma irmã. Parece saber como me sinto.

Vou até o caixa displicentemente. Quero que a caixa mascando chiclete pense que tenho feito isso a vida inteira, tenho sido mulher, como ela.

— Ploft! — Faz o chiclete.

— Ping! — Faz a caixa registradora.

— Dois e cinquenta — Faz a voz.

Ela me entrega minha caixa em um saco plástico vermelho. Lá se vai o segredo em veludo.

O reverendo sr. Bede não devia conhecer o termo "adolescente". Eles não tinham isso na época dele. Havia adultos e crianças. Mulheres ou meninas. Adolescentes não existiam, nem angústia adolescente. Então por que estou me sentindo esquisita por causa de um pouquinho de sangue? O fato de meu corpo ter sangue para derramar enquanto o da minha irmã não tinha o suficiente para conseguir funcionar? O fato de que sou uma mulher agora e de qualquer modo sou casável, dormível, engravidável? Não posso deixar de esperar que este seja apenas o primeiro estágio do ciclo. Que algo mais importante, mais significativo, aconteça depois.

Mês de sangue. O primeiro sangue vira o mundo de lado como uma primeira morte ou um primeiro beijo, arremessa-o com muito pouco controle em direção a algo novo e inevitável, como as facas afiadas do sr. Bede.

Haverá sangue agora, todos os meses. A visão dele nunca deixa de chocar. O cheiro dele também, como se tivesse sido projetado para impressionar, com uma mistura de horror e admiração, a força vital que contém. Como se aquele cheiro imperdoável e aquela cor viva estivessem ali para lembrá-la de que o sangue equivale à vida. E que a vida é um paradoxo — um fogo líquido: queimando lembranças e sonhos, misturando genes e emoções.

Primeiro sangue. Alguns o oferecem aos ancestrais, para homenagear o sangue familiar. Outros o oferecem para a terra, para homenagear o solo no qual vivem e do qual tiram seu sustento. Alguns dão festas de maioridade, outros comemoram calmamente com mulheres de sua família, contando histórias e rindo.

Não há muito riso na minha casa neste momento. Nenhuma comemoração também.

Mas é mesmo o mês de sangue e as noites começam cedo. A caminho de casa, eu atravesso o parque, passando pela paineira que costumava subir com a minha irmã. Conforme me aproximo, sua risada me assombra. Eu paro. Me apoio segurando o tronco prateado da árvore. Não quero chorar aqui. Em vez disso, eu me agacho, concentrando-me em espalmar minhas mãos na grama e sentir cada folha que as toca. Debaixo das minhas mãos há um emaranhado de raízes de árvore e, não muito longe, o corpo da minha irmã jaz mais duro que pedra, mais azul que o sangue de qualquer rainha. Eu fecho os olhos, me enrosco na base da árvore e abraço minha sacola vermelha junto do coração. Lá ocorre a minha comemoração.

Quando abro os olhos, vejo a beirinha de uma caixa verde-escura apontando para a lua no céu. Puxo minha nova amiga para fora da sacola de plástico para que ela também possa ver. Ela parece que está com frio à meia-luz, preocupada. Não sabe como é fácil sua existência achatada. Ela precisa ir em frente. Crescer um pouco.

Eu rasgo a caixa e tiro os absorventes. Então, com muito cuidado, rasgo a menina para fora de seu mundo verde. Vou apresentá-la a um novo mundo — um jardim de grama e árvores, com vento e chuva e a lua sempre se movendo pelo céu. Vou mostrar a ela como é ser transformada em algo novo. Ter mãos apertando um botão de "*start*" no seu corpo sem dar nenhum aviso. Vamos sair dos mundos simples que conhecíamos, juntas.

Vamos marcar o ir em frente em nossas vidas com um santuário. Eu arrumo sua imagem em um montinho de terra e empilho pedras dos dois lados. É como se eu estivesse tentando enterrar a vida que ela está deixando para trás. Enterrar a minha ao mesmo tempo. Como se eu tentasse lhe dizer que, apesar de achar que perdeu tudo, ela está renascendo. Que cada uma das pedras que eu acrescento ao seu santuário é uma bênção, pois com cada pedra de formato diferente ela vai ter uma boa base. A parede do útero engrossa e afina. O dia se torna noite e a noite se torna luz. A lua muda de nova para cheia e minguante. Não há nenhum intervalo entre os estágios, nenhuma espera para recuperarmos o fôlego. A maré muda e temos que fluir com ela ou ficar encalhadas. Não pode haver um ponto estático entre as coisas para explicações, preparações ou pausas.

— Mês de sangue — sussurro. O sr. Bede, afiando suas facas nos dias que encurtam, suas costas para o frio do inverno.

— Lua de sangue — responde ela, seus olhos voltados para o céu. As lâminas afiadas do sr. Bede e sua grande cabeça calva são espelho para a beleza dela.

A lua não é regida por facas de açougueiro ou meses em que um dia o sangue escorreu. Para cada mês de sangue há 13 luas de sangue. Treze ciclos sangrentos — porque um não é suficiente para entender a enormidade do que somos ou no que podemos nos tornar. Porque um não é suficiente para toda a moldagem e a míngua em nossos corpos, todas as mudanças nas nossas vidas.

Mês de sangue. Lua de sangue. Útero de sangue.

O corpo respirando e evoluindo, apesar de você.

— Sandra Guy, Paris, França

Sandra é escritora inglesa e mora em Paris. Seus textos foram publicados em periódicos literários na França, na Inglaterra e nos Estados Unidos. Atualmente trabalha em um romance de fantasia para adolescentes baseado no solstício de inverno.

Desabrochando tarde, 1998

Ela não veio até eu estar no último ano do ensino médio. E, mesmo então, não foi do jeito que devia ser. O médico me deu esses comprimidinhos verdes.

— Progesterona. Para fazer o seu corpo trabalhar.

Eu, para dizer o mínimo, desabrochei tarde.

No entanto, estava plenamente preparada desde o sexto ano, graças a apresentações constrangedoras de filmes educacionais em minha escola primária durante as quais os adultos separavam meninos e meninas. O que eles achavam que ia acontecer se ficássemos juntos? Por que os meninos não deviam saber sobre mens-tru-ação?

Na escola primária, eu li atentamente *Are you there, God? It's me, Margaret*, de Judy Blume. Margaret e suas amigas tinham um estoque secreto de "absorventes higiênicos", só para garantir. Elas também treinavam e recitavam "eu tenho, eu tenho, eu tenho que aumentar meu seio!" com fervor e dedicação. Quando viria para mim? Talvez quando o garoto lindo do outro lado da rua estivesse estudando trombone? Ou talvez comendo uma travessa de macarrão com queijo? Eu queria tanto ser admitida no clube das meninas que ficavam!

Menstruação, sem falar em seios ou namorados, permaneceu um mistério muito tempo depois da escola primária. Mas o negócio é que eu tinha pelo nas axilas no sexto ano, muito antes das minhas amigas.

Apesar de ansiar por "peitinhos rosados", eu tive queimaduras de gilete e cabelo encravado causados pelo meu barbeador Bic descartável de plástico rosa em vez disso.

Acabei me conformando tranquilamente com minha identidade de desenvolvimento tardio. Nada de namorado. Nada de beijo. Sem necessidade de um sutiã. Então, aos 16, quase 17 anos, quando encontrei o negócio marrom na minha calcinha, foi um certo anticlímax. Eu esperava trombetas, fanfarra, tapete vermelho. Mas nem era vermelho. Era uma meleca marrom. Velha. Que devia ter vindo havia muito tempo.

— Emily Hagenmaier, Los Angeles, CA

Emily é assistente social.

A história às vezes se repete, 1970

Eu tinha 10 anos na época e era verão. Minha família inteira (quatro irmãs e um irmão) estava reunida na sala de estar em nossa casa de verão em Gaithersburg, Maryland. O céu escureceu e começou a chover pedaços de granizo do tamanho de bolas de golfe. Não estou inventando isso. As janelas começaram a se quebrar. Era inconcebível que isso estivesse acontecendo, porque era julho. Não preciso dizer que eu não era o centro das atenções, e acho que esperei até a manhã seguinte para fazer meu anúncio. Minha irmã mais velha ficou muito desgostosa por eu ter ficado antes dela.

Lembro-me de estar mais ou menos preparada para o sangue porque mais cedo naquele ano a minha escola havia reunido as garotas no banheiro das meninas para uma conversa sobre menstruação. O que sempre me enojou, no entanto, eram aqueles absorventes enormes e volumosos da Kotex encharcados de sangue. Absorventes internos me parecem tão mais civilizados e provavelmente teriam funcionado muito bem naquele momento.

Minha história não termina aqui, no entanto. Dois anos depois, minha menstruação parou subitamente. Recebi comprimidos de estrógeno e de progesterona para tomar. Quando ingeri o remédio, me confundi com a sequência e sangrei continuamente por duas semanas. Acabei contando para a minha mãe, que deu uma olhada em mim e me levou correndo para o hospital. Eu estava tendo uma hemorragia. Curiosamente, um ano antes ela havia tido uma hemorragia após sua sexta gravidez, e quase morrera. Lembro-me de já ter voltado da escola naquele dia enquanto meu pai a ajudava a descer as escadas e a entrar no carro. Depois que ela saiu, entrei em seu banheiro. Ele estava cheio de toalhas grandes e brancas encharcadas de sangue. A história às vezes se repete.

— Marianne Bernstein, Filadélfia, PA

Marianne tem cinco irmãos, é fotógrafa, cineasta, professora, ativista de artes e mãe de dois filhos.

Programa dos 12 passos, 1946

A maioria das pessoas hoje está familiarizada com programas de 12 passos para vícios. Em 1946, eu fiz meu próprio programa de 12 passos para a puberdade.

Havia exatamente 12 degraus de madeira da varanda da minha avó Bubbie K até a calçada. Esses foram os 12 passos que eu dei quando saí de sua casa numa tarde ensolarada de domingo. Depois de dar um beijo de despedida na minha Bubbie K, desci aqueles degraus para encontrar meus pais me esperando na calçada. Uma grande gota de sangue apareceu em cada degrau enquanto eu descia. Ainda posso ver minha mãe e meu pai congelados e mudos.

Nós três ficamos aturdidos. Mas minha Bubbie K veio em meu socorro. Ela havia ficado na varanda da frente, esperando para acenar adeus e jogar beijos, como era seu costume. Ela correu até mim, segurou meu rosto com as mãos e disse:

— *Mazel tov*, agora você pode fazer bebês!

Nunca esquecerei suas palavras, que não só salvaram a pátria, mas também foram amorosas e positivas. Passou os braços em volta de mim e entramos na casa para que ela pudesse me dar algo que me ajudasse até eu chegar em casa. Aí ela me acompanhou orgulhosamente por aqueles 12 degraus abaixo e me entregou como mulher para meus pais.

Nenhuma palavra foi dita no caminho para casa. Em minha visita a Bubbie K na semana seguinte, ela me contou como se fazem bebês. Não me lembro exatamente o que ela disse, mas sei que falou que era divertido. Não foi essa a mensagem que recebi dos meus pais quando me fizeram o sermão anatômico tradicional anos depois.

— Marcia Nalebuff, Newton, MA

Marcia é editora de texto exigente e voluntária para o Boston Aid for the Blind. Ela gosta de mimar seus netos.

Fluxo, 1983

Eu achava que havia ficado menstruada quando tinha 12 anos.

Eu ansiava pelo grande dia como uma obcecada por casamento depois de ganhar um anel de noivado. Brincava de me vestir, experimentando os maxiabsorventes com cinta da minha mãe do mesmo jeito que algumas garotas experimentam joias e maquiagem. Nada de chapéus molengas e pérolas falsas para mim; era algodão encaroçado direto. Ser mulher parecia ter tantas vantagens: ganhar joias caras em ocasiões especiais, ter uma coleção de sapatos muito superior, ser salva de prédios em chamas primeiro e receber a visita de nossa "amiga", um lembrete mensal de que a gente é, sem dúvida, uma mulher. Eu mal podia esperar.

Podem imaginar meu entusiasmo quando acordei numa manhã de verão aos 12 anos de idade e vi. Era vermelha, perfeita e redonda, olhando de volta para mim, pousada silenciosamente na minha calcinha Hanes branca. Não houve nenhum anúncio, nenhuma fanfarra, nada disso — só uma manchinha que era, pensei, o início da minha vida adulta. Eu agora seria compreendida, considerada, levada a sério. A única outra menina que havia ficado menstruada na minha turma era a garota mais popular da escola, uma menina com quem eu andava, apesar de eu ser talvez só a sua terceira melhor amiga. Isso elevaria o meu *status*, com certeza. Poderíamos falar sobre quais absorventes internos eram melhores e reclamar das cólicas, do inchaço e de todas essas coisas. Eu mal podia esperar para dizer "Fiquei menstruada", como se fosse uma condenada à prisão perpétua.

Mas, mesmo enquanto todas as minhas amigas, uma a uma, começaram a ficar menstruadas naquele ano, a minha menstruação desapareceu. Ela veio e foi embora antes que eu tivesse até mesmo tempo para odiá-la. Meses se passaram desde aquela primeira visão e ainda... nada. Nem mesmo uma gota. Talvez eu não tivesse de fato ficado menstruada afinal de contas. Talvez fosse algum delírio causado pelos hormônios — e pressão social — que eu havia sofrido na minha pressa para a maturidade — um caso de menstruação imaginária. Em meus momentos mais racionais, eu me convencia de que só havia me cortado ao raspar a parte de cima da coxa e sujei a calcinha de sangue quando a vesti.

Qualquer que tenha sido a verdade, eu ainda era pré-pubescente e envergonhada. Guardei isso para mim mesma, temerosa do nível da escala social para o qual cairia aos olhos das minhas amigas.

— O macaco está com o nariz sangrando, vou ficar em casa hoje à noite — diria uma das minhas amigas, educadamente recusando um convite para dormir fora.

— Não estou com vontade de nadar. Estou no cinema — gritava uma para a outra de um lado para o outro da sala.

Eu estava presa em uma série interminável de eufemismos sagazes para aquela condição. Eu me juntei a elas.

Entendia a piada, mas não estava rindo. Como eu podia ter estado tão perto do nariz sangrando do macaco e agora nada? Eu também queria estar no cinema.

Mantive a mentira sobre a menstruação durante meses, me traumatizando, com medo de ser descoberta pela fraude que eu era, até um dia fatídico: minha festa de aniversário de 13 anos na pista de patinação Rostraver. Todos os meus amigos estavam lá. Eu me sentia péssima e não parava de correr para o banheiro porque estava com cólicas muito fortes no estômago. Então, depois de sei lá quantas viagens ao banheiro, eu vi. Uma mancha vermelha. Lá estava ela de novo! Ela estava zombando de mim? Era de verdade? Estava aqui para ficar ou era outro falso positivo? De uma coisa eu sabia: não podia confiar nela.

Corri para fora e sussurrei a notícia para minha mãe — que era a única pessoa no planeta que sabia a verdade e me amava mesmo assim — em busca de uma opinião objetiva e um pouco de apoio. De repente, senti um esguichinho. Eu esperava me sentir ressentida, tipo, que legal você ter aparecido, ou talvez ter superado totalmente, como quando a gente vê aquelas coroas de Natal desbotadas e quebradiças penduradas na porta do nosso vizinho em agosto. Em vez disso, me senti amedrontada e extasiada ao mesmo tempo. Houston, temos fluxo!

Minha mãe foi ao saguão e comprou um daqueles maxiabsorventes de máquina para mim. Era enorme. Tenho certeza de que podia ser visto através das minhas calças. Normalmente isso seria humilhante para uma mulher, mas não para mim; eu queria que todo mundo visse meu volume. Era algo que eu queria fazia tanto tempo, algo que eu valorizava, algo de que tinha orgulho. Na verdade, se houvesse um adesivo de para-choque "minha filha ficou menstruada na pista de patinação Rostraver", eu teria pensado seriamente em colar um no Chevy Citation branco da minha mãe. Eu me deitei no banco, onde todo mundo havia deixado os sapatos depois de colocar os patins, e segurei a barriga. Podia fazer isso para valer agora. Eu estava mesmo com cólica. Não vivia mais uma mentira. Eu estava livre.

— Tonya Hurley, Nova York, NY

Tonya é roteirista e diretora de cinema independente assim como autora do romance Ghostgirl. *Produziu duas séries de sucesso na TV e é a criadora dos* videogames *de Mary-Kate e Ashley Olsen.*

A gente sempre se lembra da primeira

Lembro-me da minha primeira menstruação muito bem; eu não me lembro é da última.

— Carla Cohen, Washington, DC

Carla Cohen é escritora e dona de uma livraria independente, Politics and Prose.

Eufemismos e palavras codificadas

Semana de trabalhos manuais na colônia das calcinhas
No cinema
Tia Flo
Tia Tillie de ribanceira vermelha
Estar incomodada
Grande vermelho
Limpeza no corredor 1
Fechado para manutenção
Parabéns! É um ovo!
A praga
Pinga-pinga
Cair do telhado
Parada absoluta
Receber minha amiga
Estar com os pintores em casa
Ter hemorragia
Na minha lua
Aquilo
O vazamento
Senhorita mancha
O macaco está com o nariz sangrando

As mensais
Conta mensal
Cena do crime
Minha cereja é um xerez
Minha amiga comunista
Minha amiga está de visita
Minha pontuação
De chico
Pedindo omelete vermelha
Chovendo no Sul
Reiniciando o sistema operacional ovariano
Os casacos vermelhos aterrissaram
Andar com sela de algodão
Pegando a onda vermelha
Naqueles dias do mês
Momento inoportuno

Saiba Mais

LIVROS

Antropologia

Blood magic: The anthropology of menstruation. Thomas Buckley e Alma Gottlieb, ed. Berkeley: University of California Press, 1988.

The curse: confronting the last unmentionable taboo: menstruation, de Karen Houppert. Nova York: Farrar, Strauss e Giroux, 1999.

The curse: a cultural history of menstruation, de Janice Delaney, Mary Jane Lupton e Emily Toth. Champaign, IL: University of Illinois Press, 1988.

Ficção

Are you there, God? It's me, Margaret, de Judy Blume. Nova York: Bradburry Press, 1970.

The red tent, de Anita Diamant. Nova York: Picador, 1997.

Fontes sobre saúde

The care & keeping of you: the body book for girls, de Valorie Les Schaefer. Middleton, WI: Pleasant Company Publications, 1998.

Growing up: it's a girl thing: straight talk about first bras, first periods, and your changing body, de Mavis Jukes. Nova York: Alfred A. Knopf, 1998.

Our bodies, ourselves: a new edition for a new era, de Judy Norsigian e o Boston Women's Health Book Collective. Nova York: Touchstone, 2005.

The period book: Everything you don't want to ask (but need to know), de Karen Gravelle. Nova York: Walker Books for Young Readers, 2006.

WEBSITES

www.beinggirl.com: site onde as garotas podem controlar os dias de sua menstruação, fazer perguntas e contar histórias engraçadas.

www.mum.org: museu on-line sobre menstruação, com fontes históricas, um arquivo de anúncios e ótima seleção de piadas.

www.tamponcase.com: firma com bom-senso de humor que vende caixas legais para absorventes internos.

FILMES E VÍDEOS (PARA RIR)

The period dance: o melhor comercial da Tampax que existe. Disponível no YouTube em www.youtube.com/watch?v=r-4APMv2QKo.

Superbad — É hoje (a cena da dança): menstruação e danças eróticas nem sempre combinam.

Faça Mais

No Quênia, a Health and Water Foundation fornece água, banheiros privativos e artigos higiênicos para escolas rurais a fim de manter as meninas na escola. Meninas sem artigos higiênicos ficam em casa, e até mesmo aquelas que os têm frequentemente optam por ficar em casa para evitar a falta de privacidade em banheiros expostos ao ar livre. Outro problema para as meninas é que muitas escolas não têm uma única professora ou conselheira mulher. Os direitos autorais deste livro irão apoiar o School Water and Sanitation Project da fundação, que fornece artigos higiênicos e banheiros privativos. Iniciado em 2007, esse projeto já ajudou centenas de meninas no distrito de Nyamira, e garante que cada escola tenha pelo menos uma professora para servir como conselheira de educação sexual para as garotas. Saiba mais em www.healthandwater.org.

Outras organizações com missões similares na África incluem a Campaign for Female Education (www.camfed.org), a Care (Unidade de Educação Básica e Para Meninas, www.care.org), o Forum for African Woman Educationalists (FAWE; www.fave.org), o programa Save the Children, na Etiópia (www.savethechildren.org) e a Unicef (www.unicef.org).

No Zimbábue, dois esforços interessantes que trabalham diretamente para fornecer artigos higiênicos são o Girl Child Network (www.gen.org.zw) e o AACT-África do Sul, via sua campanha Dignity! Period (www.actsa.org).

Na Índia, Seva Mandir trabalha para aliviar a pobreza por meio de seus muitos programas ambientais, educacionais e de saúde. Fundos oriundos deste livro serão doados para apoiar seus programas de autonomia da mulher e educação sexual em Udaipur. Por seu alcance político, Seva Mandir teve influência na vida de mais de 10 mil mulheres na área e agora vai expandi-la ainda mais. Saiba mais em www.sevamandir.org.

Girls Inc. é uma organização para jovens que promove a autonomia das meninas por meio de programas educacionais extracurriculares. É uma das mais prestigiadas organizações do gênero e tem mais de cinquenta afiliadas nos Estados Unidos. Fundos oriundos deste livro irão apoiar seu programa mais popular, que ensina as meninas a verem além dos estereótipos de gênero e aprenderem a assumir responsabilidade pelos próprios corpos. O programa ensina saúde sexual pessoal e fornece um meio seguro para discussões abertas, assim como acesso a tratamentos de saúde. Saiba mais em www.girlsinc.org.

Planned Parenthood é o maior fornecedor de educação sexual e serviços de saúde nos Estados Unidos. É uma das poucas organizações que fornecem educação médica precisa para adolescentes, homens e mulheres a respeito de práticas de sexo seguro, DSTs e opções de reprodução. Fundos oriundos deste livro irão apoiar seu envolvimento na política de saúde pública que ajuda a manter centros de saúde, educação sexual e contraceptivos acessíveis. Saiba mais em www.plannedparenthood.org.

Choice USA é uma organização comandada por jovens que procura proteger os direitos reprodutivos das mulheres. Realiza *workshops* educacionais a *campi* universitários no país inteiro e, veiculada por jovens líderes respeitados, a Choice USA é uma das vozes mais novas no movimento atual em prol da saúde da mulher. Fundos oriundos deste livro irão apoiar sua Reproductive Organizing Academy, que disponibiliza aulas, sessões de informação e treinamento para ajudar jovens mulheres a mobilizar comunidades em prol da saúde reprodutiva e da liberdade. Saiba mais em www.choiceusa.org.

Agradecimentos

Enquanto para uma garota é possível passar por sua primeira menstruação sozinha, não há como montar um livro sobre primeiras menstruações sem a ajuda de muitas pessoas. Primeiro quero agradecer a todas as mulheres que contaram suas histórias. Elas foram as que mais se arriscaram aqui, e são suas palavras que dão vida a estas páginas. Muitas deixaram sua rotina diária e revelaram, frequentemente pela primeira vez, o que aconteceu em sua primeira menstruação. Quero agradecer sobretudo às primeiras colaboradoras, que me deram elegantemente suas histórias quando isso era só um projeto de colégio.

Sem Barbara Monteiro, tudo ainda seria um projeto de colégio. Ela abriu a porta para o mundo editorial, me apresentando a Victoria Skurnick, que por sua vez me dirigiu para a agente perfeita. Como escritora de primeira viagem, devo o mundo à maravilhosa Susan Ginsburg por me dar uma oportunidade. Sua fé no projeto foi contagiante e me levou a Jonathan Karp, que foi um sonho de editor. Com os dois, eu não poderia ter pedido mentores mais entusiasmados e generosos. Bethany Strout e Colin Sheperd, que trabalham com Susan e Jonathan, respectivamente, se esforçam habilmente nos bastidores para fazer tudo correr às mil maravilhas.

Devo um agradecimento especial a várias outras mulheres que ajudaram nos bastidores, assegurando-se de que os pedidos por histórias fossem amplamente distribuídos. Lisa Siciliano trouxe uma verdadeira cornucópia de histórias, incluindo uma de sua avó! Katie Pichotta serviu como a melhor indexadora, verificadora de fatos, caçadora-coletadora e caixa de ressonância que qualquer um poderia desejar. Marianne Bernstein tanto partilhou sua história quanto tirou a foto mais lisonjeira de mim para a orelha do livro (tarefa nada fácil, considerando-se que eu estava no meio das provas finais). Kristen Azzara forneceu uma edição de texto hábil e elegante. Agradeço também a Patty Boyd, Angie Hurlbut e Leslie Kuo por sua ajuda editorial e de *design* no início.

Muitas pessoas leram as versões iniciais do manuscrito, deram retorno e me ajudaram a fazer contato com mulheres com histórias para contar: Elizabeth Alexander, Deborah Berman, Fran Brent, Roxanne Coady, Claire Connors, Deb Fleischman, Deb Margolin, Lori Gottlieb, Barbra Hendra, Moira Kelly, Maureen Kelly, Betty Monz, Márcia Nalebuff, Helen Rees, Barbara Rifkind, Takudzwa Shumba, Janet Siroto, Jeffrey Sonnenfeld (um cara!), Whitney Sparks e Cherryl Weisenfeld. Minhas professoras na Choate Rosemary Hall me apoiaram durante meu projeto de pesquisa do último ano sobre menarca: srta. Biddiscombe e srta. Nesslage, obrigada! Obrigada também às colegas de classe na Choate, por seus aplausos durante meu discurso sobre primeiras menstruações na assembleia da escola. Quando vi que os meninos do primeiro ano podiam aceitar de mente aberta um discurso sobre primeiras menstruações, eu soube que havia esperanças para este livro.

Estou em dívida com Eve Ensler e admirada pela bravura que teve para criar Os *monólogos da vagina*, a peça que pavimentou o caminho para esta reunião de monólogos sobre menstruação. Sou da mesma forma grata a Gloria Steinem, cujo ensaio hilariante e provocativo "Se os homens menstruassem" me ensinou a ver a menstruação com senso de humor e como algo que vale a pena anunciar.

Por último, as duas pessoas a quem devo meus maiores agradecimentos são meus pais, Helen Kauder e Barry Nalebuff. A orientação da minha mãe me guiou durante todo o processo. Este livro plantou as sementes para um estágio novo e maravilhoso na nossa relação de mãe e filha. Meu pai me impressionou ao ficar mais à vontade falando sobre menstruação do que eu fico. Ele vem torcendo por mim desde o primeiro dia e é meu maior fã. Sem eles e seu apoio inabalável, este livro não estaria nas suas mãos.

Autorizações

"A ira dos deuses" (página 115) copyright © 2001, de Jill Bialosky, de *Subterranean: poems by Jill Bialosky*. Usado com permissão de Alfred A. Knopf, uma divisão da Random House, Inc.

"Trancada em um quarto com *dosai*" (página 117) copyright © 2002, de Shobha Sharma, de *Kitchen stories*, de Shobha Sharma (Jane's Stories Press Foundation). Usado com permissão da autora.

"Letters" (página 132) de *Connecting the dots*, de Maxine Kumin. Copyright © 1996 de Maxine Kumin. Extraído com a permissão da W. W. Norton & Company, Inc.

A versão atualizada de "Se os homens menstruassem" (página 148) copyright © 1978, de Gloria Steinem. Usado com permissão da autora.

"Paternidade progressiva" (página 198) copyright © 2001, de Nancy Gruver e Joe Kelly. Extraído com a permissão dos autores.

"Quando você ligou da Califórnia para casa para dizer que havia começado" (página 214) copyright © 1983 de Penelope Scambly Schott, de *I'm on my way running: women speak on coming of age*, editado por Lyn Reese, Jean Wilkinson e Phyllis Sheon Koppelman. Usado com permissão da autora.

"Mês de sangue" (página 225) copyright © 1979, de Sandra Guy. Usado com permissão da autora e da David Higham Associates.

A não ser que seja observado de outra forma, o copyright de cada história pertence à autora colaboradora: por exemplo, "Não jorrem por mim, por favor" (página 110) copyright © 2008, de Monica Wesolowska.

Este livro foi composto na tipologia Chaparral Pro
regular, em corpo 11,5/16, e impresso em papel
off-white 70g/m² no Sistema Digital Instant
Duplex da Divisão Gráfica da Distribuidora Record.